위대한 항해 10

2024년 1월 17일 초판 1쇄 인쇄
2024년 1월 22일 초판 1쇄 발행

지은이 이윤규
발행인 김관영

기획 이기헌 왕소현 임동관 박경무 강민구 조익현
책임편집 최전경
마케팅지원 이원선

발행처 (주)로크미디어
출판등록 2003년 3월 24일
주소 서울시 마포구 마포대로 45 일진빌딩 6층
Tel (02)3273-5135 **Fax** (02)3273-5134
홈페이지 rokmedia.com **E-mail** rokmedia@empas.com

ⓒ 이윤규, 2023

값 9,000원

ISBN 979-11-408-2132-7 (10권)
ISBN 979-11-408-1029-1 04810 (세트)

이 책의 모든 내용에 대한 편집권은 저자와의 계약에 의해
(주)로크미디어에 있으므로 무단 복제, 수정, 배포 행위를 금합니다.

작가와의 협의에 의해 인지는 생략합니다.
잘못된 책은 구입처에서 바꾸어 드립니다.

위대한 항해

이윤규 대체역사 소설 **10**

❀ 중동의 모래바람

CONTENTS

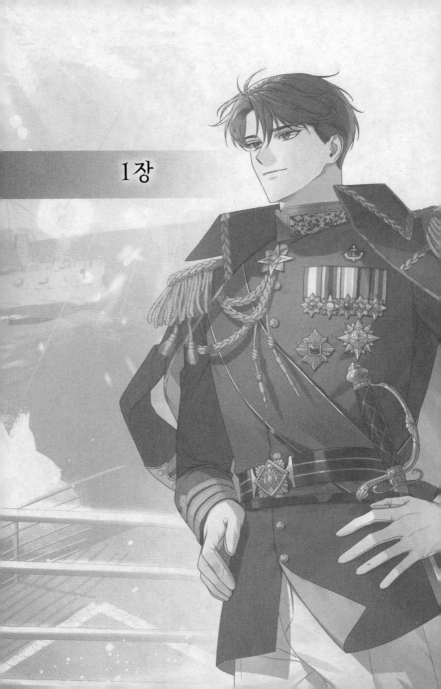

1장

대진이 기다렸다가 말을 이었다.

　"우리 대한제국은 최강의 군사력을 보유하고 있습니다. 그래서 일본의 20만, 30만, 50만 병력과의 전투를 모조리 압살하면서 완전한 항복을 받아 냈지요. 그리고 청국과의 전쟁에서는 50만과 100만 등 이십여 차례의 크고 작은 전투에서 단 한 번도 패한 적이 없고요."

　"오오!"

　"대단하군요."

　"그뿐만이 아니라 방금 거론하신 프랑스와의 해전에서도 압도적인 승리를 거뒀지요. 그것을 본 미국이 이전의 잘못을 정식으로 사과하고 배상해 주었답니다."

그 말에 찰스 저드 대령이 놀랐다.

"미국이 사과를 하고 배상을 했다고요? 정녕 그게 사실입니까?"

"그렇습니다."

대진이 신미양요와 그 이후에 행해진 배상 조치에 대해 간략히 설명했다. 설명을 들은 하와이왕국 사람들은 크게 술렁였다.

하와이 법무장관이 나섰다.

법무장관인 윌리엄 암스트롱은 하와이국왕과는 어렸을 때부터 가까웠다. 그래서 2명의 대령과 함께 국왕의 최측근으로 분류되는 인사였다.

"미합중국이 동양 국가를 상대로 사과와 배상을 해 주었다는 말은 금시초문입니다. 그 말이 사실이라면 미합중국이 귀국을 그만큼 인정하고 있다는 의미가 아닙니까?"

찰스 저드 대령도 동조했다.

"맞습니다. 미합중국이 어떤 나라입니까? 영국과 프랑스 등에는 아직 못 미치지만 그래도 아메리카 대륙 최강의 신흥 강국입니다. 그런 미합중국이 한국에 그런 조치를 취했을 줄은 생각지도 못했습니다."

하와이국왕도 거들었다.

"그러게 말이오. 자존심 강한 미합중국 정부가 귀국과 그런 합의를 했을 줄은 정말 몰랐소이다."

조영수가 부언했다.

"그뿐이 아닙니다. 우리 대한제국은 얼마 전 러시아하고
도 영토 교환 협상을 했습니다. 그 결과, 일본에게서 할양받
은 북해도를 넘겨주고 그 대신 연해주 등지를 새롭게 획득했
지요."

암스트롱 법무장관이 또 놀랐다.

"아니? 그게 정말입니까? 러시아하고도 협상을 해서 영토
를 교환했다고요?"

"그렇습니다."

하와이국왕이 고개를 끄덕였다.

"그랬다고 하더군. 나도 오전에 그 말을 듣고 많이 놀랐네."

암스트롱이 고개를 저었다.

"들을수록 놀라울 따름입니다. 한국이 동양에서 강국으로
부상했다는 말은 듣기는 했습니다. 그렇지만 이 정도로 대단
한 나라일 줄은 몰랐습니다."

조지 맥팔레인 대령도 거들었다.

"러시아와 협상만으로 영토를 교환하다니요. 그런 협상을
할 수 있다는 것은 그만큼 귀국의 군사력이 대단하다는 의미
가 아닙니까? 호놀룰루에 주재하고 있는 군사고문단의 능력
이 뛰어난 것에 다 이유가 있었군요."

찰스 저드 대령도 동조했다.

"그러게 말이야. 프랑스에 이어 러시아까지 협상을 했다

는 사실이 놀라울 따름이야."

대진은 왠지 의아했다.

하와이국왕의 측근들 전부가 미국 출신 백인들이었기 때문이다.

이런 사람들이라면 분명 미국의 편을 들어 주어야 한다. 그런데 참석자들은 하나같이 대한제국의 군사력을 높이 사고 있었다.

대진의 생각을 알아차렸는지 하와이국왕이 싱긋이 웃었다.

"오늘은 이 백작과 허심탄회한 대화를 주고받고 싶었습니다. 그래서 오늘의 만찬에는 일부러 나의 측근들만 참석하게 했지요."

대진이 크게 고개를 끄덕였다.

"아! 그렇습니까? 그래서 이런 말씀들을 하시는 거로군요."

"예, 그러니 마음 편하게 생각하시면 됩니다."

"알겠습니다."

"그리고 부탁드리고 싶은 것이 있습니다."

"말씀해 보십시오."

"우리 하와이에는 대규모 사탕수수 농장이 많습니다. 그러다 보니 인력이 늘 부족하지요. 그래서 드리는 말씀인데, 인력을 대규모로 수급할 수 있는 방도가 없을까요?"

대진은 잠시 고심했다.

일본과의 전쟁이 끝나고 10여 년이 흘렀다. 그러다 보니 일본인 포로들이 끌려온 지도 그만큼의 시간이 흘렀다.

일부는 속량을 내고 돌아갔다.

그러나 대부분은 아직까지도 각 공사 현장에 배치되어 노역을 하고 있었다. 그런 포로 중에는 나이가 먹어 가면서 노동력이 떨어지는 자들도 많았다.

대진은 그런 자들을 주목했다.

'나이가 많은 일본인 포로들은 체력이 떨어져서라도 오랫동안 노역을 못한다. 그런 포로들을 본국에 두는 것도 문제가 된다. 그들에게 새로운 길을 열어 주기 위해서라도 하와이 노동을 추진해 보자.'

"몇 명이나 필요합니까?"

"많을수록 좋습니다."

"본국에는 지난 일본과의 전쟁에서 얻은 포로가 수십만이 있습니다. 그런 포로들은 거의가 강제 노역에 동원되어 있고요. 그들 중 일정한 나이가 된 인원을 추려서 이곳으로 보내는 것에 대해 어떻게 생각합니까?"

암스트롱 법무장관이 인상을 썼다.

"나이 많은 사람을 보낸다고요?"

"나이가 많다고 해도 적어도 10년 이상은 일을 할 수 있습니다."

암스트롱이 부정적으로 말했다.

"사탕수수 농장의 일은 상당히 고됩니다. 그런 농장에 나이 많은 사람은 어울리지 않습니다."

대진이 장담했다.

"그 점은 조금도 걱정하지 않아도 됩니다. 사탕수수 농장이 아무리 힘들다고 해도 본토의 토목 건설 현장보다는 훨씬 덜 힘이 들 겁니다. 그리고 무엇보다 포로 출신들이어서 인건비가 저렴하다는 장점이 있습니다."

인건비가 저렴하다는 말에 암스트롱의 표정이 달라졌다.

"저렴하다는 것은 어느 정도로 보면 됩니까?"

조영수가 나섰다.

"지금 쓰고 있는 인력의 절반 정도면 충분할 겁니다. 때에 따라서는 그보다 적어도 될 것이고요."

"그래요?"

대진이 부언했다.

"그렇습니다. 그리고 일정 기한이 지나면 일본으로 귀환을 시키든지, 아니면 계속시키든지 취사선택을 하면 될 것이고요."

"그렇군요. 포로이기 때문에 귀국에서는 인건비를 지급하지 않았겠군요."

"물론입니다. 그리고 일본인 포로들을 우리가 떠안게 된 것에는 까닭이 있습니다."

암스트롱이 고개를 갸웃했다.

"그게 무슨 말씀입니까? 포로들을 떠안았다니요?"

대진이 일본과의 전쟁 막바지에 일어난 일을 설명했다. 대진의 말을 들은 하와이국왕은 어이없는 표정을 지었다.

"말도 안 되는 소리. 아니, 어떻게 된 나라가 자국민을 책임지지 않으려 했단 말입니까?"

대진이 상황을 설명했다.

"당시의 일본 내각은 상당히 불안정한 상태였습니다. 그런 상황에서 포로들이 대규모로 풀린다면 반정부 인사가 될 가능성이 높았습니다. 그런 숫자가 수십만이 되면 자신들이 감당하기 어렵다는 판단을 했던 겁니다."

"아무리 그래도 그렇지……."

찰스 저드 대령이 나섰다.

"백작님, 일본인 포로들이 귀국에서 노역을 하면서 문제를 일으키지는 않았습니까?"

대진이 고개를 저었다.

"거의 없었습니다. 처음에는 힘든 노역 때문에 몇 건의 불상사가 일어나긴 했습니다. 하지만 대부분 간단히 제압되었고, 그 이후부터는 너무도 순종적으로 일을 해 오고 있습니다."

"순종적으로라고요?"

"예, 일본인은 특성적으로 강한 사람에게 약한 습성을 가지고 있습니다. 그래서 윗사람의 지시에 굉장히 순응하지요."

찰스 저드 대령이 반문했다.

"이곳에 와서도 그러리라는 보장은 없는 거 아닙니까?"

대진이 분명히 밝혔다.

"그들에게 여기는 천국일 겁니다. 생각해 보십시오. 고향으로 돌아갈 길이 없는 상황에서 고생만 해 오다가 10년만 고생하면 본국으로 돌아갈 수 있게 됩니다. 적지만 일정 급여도 받을 수가 있고요. 더구나 이곳 하와이는 날이 따듯해서 겨울의 혹독한 추위를 견디지 않아도 됩니다."

"아! 북방의 추위는 무섭지요?"

"그렇습니다. 북방의 추위는 모든 것을 얼릴 정도로 혹독합니다. 그래서 비교적 따듯한 곳에서 살던 일본인 포로들이 가장 힘들어하고 있지요."

"그렇군요."

조영수가 먼저 나섰다.

"우리 한인들의 농장에도 인부들이 많이 필요합니다. 그래서 일본에서 인부들을 들여오고 있는데, 처음보다 수급이 쉽지가 않은 상황입니다. 만일 일본인 포로들이 하와이로 온다면 우리가 먼저 받아들이겠습니다."

조영수가 이렇게 나오자 상황이 급진전했다. 암스트롱 법무장관이 바로 나섰다.

"좋습니다. 지주들과 협의해서 그들을 받아들이도록 하겠습니다."

대진이 흡족한 표정을 지었다.

"잘 생각했습니다. 이곳 하와이는 인구가 적어서 이주민이 많을수록 좋을 것입니다."

하와이국왕도 인정했다.

"맞는 말씀입니다. 우리 하와이는 사람이 너무 부족합니다. 그 바람에 미국에서 넘어온 이주민들이 대부분의 상권을 장악하고 있지요. 그런 문제를 해소하기 위해서라도 이민자가 많으면 좋습니다."

"일본에서 일본인 포로들을 받아들이지 않을 가능성도 있습니다. 그렇게 되면 일본인 포로들이 이곳에서 자리를 잡을 수밖에 없을 것이고요. 그러면 아예 그들의 가족을 이주시키는 정책을 취해도 좋을 겁니다."

찰스 저드 대령이 크게 반겼다.

"그거 아주 좋은 생각이네요. 그들의 가족까지 이민 올 수만 있다면 노동력 확충에 큰 도움이 되겠습니다."

대진이 상황을 전했다.

"본국도 본래는 그런 계획을 갖고 있었지만 일본 정부의 무관심으로 별 성과를 거두지 못했지요. 하지만 하와이로의 가족 이민은 일본에도 나쁘지 않을 터여서 적극 협조할 것입니다."

처음과 달리 대화를 할수록 일본인 포로에 대한 인식이 달라졌다. 이들 중 농장주인 찰스 저드 대령이 가장 적극적이었다.

"좋습니다. 내가 하는 농장도 한국 농장처럼 일본인 포로

들을 먼저 받도록 하지요. 그래서 결과가 좋으면 대대적으로
받아들이겠습니다."

대진이 하와이국왕을 바라봤다.

하와이국왕도 바로 승낙했다.

"좋습니다. 그렇게 먼저 추진해 봅시다."

조영수가 정리했다.

"우선적으로 본국에 사람을 보내겠습니다. 그래서 얼마나 많
은 인력을 보낼 수 있는지부터 조사해서 말씀드리겠습니다."

"그렇게 하세요."

하와이국왕이 잔을 들었다.

"자! 이 백작님을 만나자마자 좋은 일이 생겼습니다. 그러
니 모두 잔을 들어 건배를 합시다."

국왕의 제안에 모든 사람들이 잔을 들었다.

이날의 만찬은 이렇게 끝이 났다. 만찬을 끝내고 영사관으
로 돌아온 대진이 확인했다.

"조 영사님, 하와이로 들어온 일본인 인부들이 얼마나 됩
니까?"

"1,000명 정도 됩니다."

"생각보다 숫자가 적군요."

"일본이 처음과 달리 비협조적으로 나오고 있습니다. 그래
서 우리 농장들의 인력난이 다른 농장보다 심한 편입니다."

대진이 잠시 생각했다.

"이번 기회에 일본인 인부들을 전부 돌려보내도록 합시다. 그리고 나서 본국에 있는 일본인 포로들을 대거 들여오면 인력난도 해소하고 차후에 발생할 수도 있는 문제도 미연에 방지할 수 있을 겁니다."

"차후에 발생할 문제라면?"

"같은 일본인인데 한쪽은 인부고 다른 한쪽은 포로입니다. 더구나 인건비도 현격하게 차이가 난다면 당연히 문제가 발생하지 않겠습니까?"

조영수가 탄성을 터트렸다.

"아! 맞습니다. 제가 너무 한쪽만 생각하다 보니 정작 중요한 문제를 생각지도 못했군요. 알겠습니다. 현황을 파악해서 농장별로 차곡차곡 교체해 나가도록 조치하겠습니다."

"잘 생각하셨습니다."

대진이 그 자리에서 보고서를 써 내려갔다. 그러고는 몇 번 검토하고서 조 영사에게 부탁했다.

"병사를 보내 제가 타고 온 배의 함장을 불러 주십시오."

잠시 후.

함장이 영사관으로 들어왔다. 대진은 자신이 쓴 보고서를 함장에게 건넸다.

"지금 즉시 이 보고서를 본국의 외무대신에게 전해 주도록 하게."

함장이 질문했다.

"답변을 받아 와야 합니까?"

"반드시 받아 와야 하네. 그리고 귀관이 돌아가면 3척의 함대가 부산에서 대기하고 있을 거야. 외무부의 답변을 받고 나서 그 함대와 함께 하와이로 돌아오도록 하게."

"알겠습니다."

함장이 나가자 조영수가 질문했다.

"3척의 함대라니요?"

"진주만 획득 계획을 위해 이곳에 오기 전에 미리 결재를 받아 둔 함정들입니다."

조영수의 눈이 더없이 커졌다.

"놀랍습니다. 3척의 함대라니요. 본국에서 진주만의 할양을 그토록 비중 있게 생각하고 있을 줄 몰랐습니다."

"영사님도 아시다시피 하와이는 태평양 최고의 전략 요충지입니다. 우리가 진주만을 얻지 못한다면 하와이는 미국으로 넘어갈 수밖에 없습니다. 그렇게 되면 미국은 앉아서 태평양의 절반을 얻게 되는 꼴이 되지요."

조영수도 동의했다.

"맞는 말씀입니다."

대진이 계획을 밝혔다.

"우리는 청국과의 전쟁과 러시아와의 협상을 통해 원하던 대륙 영토를 얻었습니다. 그런 우리에게 남은 과제는 해양영토 확보입니다."

조영수가 바로 알아들었다.

"태평양을 내해로 만드시려는 거로군요."

"그것이 최선입니다."

"미국의 태평양 진출을 저지하기 위해서라도 하와이의 독립
을 유지시키려는 거로군요. 그러면서 진주만도 할양받고요."

대진이 크게 고개를 끄덕였다.

"맞습니다. 대륙 영토에는 이제 더 이상 욕심이 없습니다. 지
금으로선 더 얻는다고 해도 지켜 낼 수 있을지도 걱정이고요."

조영수도 동조했다.

"맞는 말씀입니다. 너무 많은 영토를 얻으면 그것을 지켜
내는 일도 큰일이지요."

"그렇습니다. 반면에 해양영토는 다릅니다. 우리는 지금
까지 소립원제도와 대만과 유구를 비롯해 몇 개의 주요 요충
지들을 얻었습니다. 여기에 쿠릴열도까지 정리하면서 태평
양 일대에 상당한 규모의 교두보를 확보하고 있지요. 그런
상황에서 하와이왕국의 독립만 유지시킨다면 금상첨화가 아
니겠습니까?"

조영수도 적극 동조했다.

"백작님의 계획을 위해서라도 하와이왕국을 무조건 유지
존속시켜야겠네요."

"그렇습니다. 그러기 위해서는 진주만 확보가 필수불가결

한 요소이고요."

조영수가 과거를 더듬었다.

"이전의 기록에 따르면 미국의 합병 공세에 불안을 느낀 하와이가 일본에 보호령을 요청한 적이 있었습니다. 만일 하와이가 본국에 보호령을 요청한다면 받아들이실 것입니까?"

대진이 격하게 대답했다.

"물론이지요. 아니, 불감청 고소원이지요. 미국이 아직은 태평양에 큰 관심을 쏟지 않고 있습니다. 그러한 시기에 하와이가 우리 보호령이 된다면 태평양을 우리가 오롯이 품게 되지 않겠습니까?"

조영수가 몇 번이고 고개를 끄덕였다.

"백작님도 그 기록을 읽으셨나 보군요."

"그렇습니다. 그래서 진주만 할양을 강력히 추진하고 있는 겁니다."

조영수는 바람을 숨기지 않았다.

"기왕이면 하와이가 자진해서 보호령이 되겠다고 요청했으면 좋겠습니다."

대진이 크게 웃었다.

"하하하! 말씀만 들어도 기분이 좋네요. 그렇게만 된다면 무엇을 더 바라겠습니까?"

조영수가 눈을 빛냈다.

"알겠습니다. 그렇게 될 수 있도록 저도 최선을 다해 보겠습니다."

"감사합니다. 그러나 철저하게 비밀리에 일을 추진해야 합니다. 그러지 않으면 역효과가 나서 오히려 문제가 될 수가 있습니다."

"걱정하지 마십시오. 군사고문단도 있고 해서 은밀하게 움직일 수 있을 것입니다. 그리고 진주만까지 확보한다면 제가 움직일 운신의 폭이 저절로 넓어지게 됩니다."

"그렇겠지요."

"그나저나 국왕께 진주만 문제를 꺼내야 하는데 어떻게, 제가 날을 따로 잡을까요?"

대진이 잠깐 고심했다.

"아닙니다. 제가 수시로 국왕을 찾아뵙다가 적당한 시기를 봐서 말을 꺼내도록 하겠습니다."

"알겠습니다."

그 뒤로 대진은 국왕을 몇 차례 더 찾았다.

하와이국왕은 그때마다 환대해 주었다. 대진은 국왕을 위해 다양한 정보를 제공하며 환담했다.

그러던 어느 날.

이날도 오찬에 맞춰 국왕을 예방했다. 그런데 낯익은 사람이 왕궁에 들어와 있었다.

대진이 바로 알아봤다.

"오! 샌퍼드 돌 고문이 아닙니까?"

샌퍼드 돌이 환하게 웃었다.

"하하하! 반갑습니다. 오랜만에 만났는데도 저를 알아보시는군요."

"물론이지요. 당연히 알아보고말고요."

두 사람이 반갑게 악수를 나눴다. 그 모습을 보고 있던 하와이국왕이 웃으며 나섰다.

"하하하! 보기 좋습니다. 오랜만에 만났는데도 마치 어제 봤던 사람들처럼 반가워하는군요."

대진이 화답했다.

"그때 고문님께서 워낙 잘 대해 주셔서 인상이 강하게 남았습니다."

"제가 할 말을 대신 하시는군요. 당시 특보님께서 우리 하와이에 대한 애정이 남다르시다고 하신 것을 듣고 많은 감명을 받았습니다."

하와이국왕이 정정했다.

"이제는 백작님이시라네."

"오! 그렇습니까? 축하드립니다, 백작님."

"감사합니다."

국왕이 손으로 안내했다.

"해후는 오찬을 하며 풀도록 하시지요."

"예, 전하."

세 사람이 식탁에 둘러앉았다. 하와이국왕이 와인을 들어서 따랐으며 모두가 잔을 부딪쳤다.

대진이 먼저 돌의 안부부터 물었다.

"돌 고문께서는 그동안 어떻게 지내셨습니까?"

"저야 늘 여전하지요. 그보다 귀국은 몇 년 동안 엄청난 변화가 있다고 들었습니다."

"예, 많은 변화가 있었지요."

대진이 그동안의 변화를 간략히 설명했다. 샌퍼드 돌은 몇 번이나 감탄해 가면서 설명을 들었다.

"대단하군요. 이전에도 대단했지만 이제는 동양에서 최강 대국이 되었습니다. 일본과 청국을 연파하고 거기다 프랑스까지 압도했으니 말입니다."

대진도 인정했다.

"맞습니다. 이제는 우리 대한이 동양에서만큼은 최강대국이라 해도 과언이 아닙니다."

"솔직히 부럽네요. 우리 하와이는 소국이어서 늘 외부의 환경에 신경을 써야 하는데 귀국은 그러지 않아도 되니 말입니다."

대진이 웃으며 설명했다.

"꼭 그렇지도 않습니다. 우리도 주변으로 러시아와 청국이 국경을 맞대고 있습니다."

"그래도 문제가 생기면 귀국이 주도하지 않겠습니까?"

"그건 그렇습니다. 이제는 어떤 문제에서든 우리가 주도하지, 타국에 휩쓸리지는 않게 되었지요."

하와이국왕이 한숨을 내쉬었다.

"후! 우리는 정반대지요. 미국에서 조금만 정책을 바꿔도 바로 문제가 되고는 하지요."

대진이 은근히 떠봤다.

"하와이는 엄연한 독립국입니다. 그런 하와이가 구태여 미국에 의지할 필요가 있습니까?"

국왕이 고개를 저었다.

"그렇기는 합니다만 현실이 녹록치가 않습니다."

샌퍼드 돌도 거들었다.

"본국의 지주 대부분이 미국 이민자들이거나 그 후손들입니다. 그러다 보니 내각을 비롯한 법원과 의회도 거의 전부 미국 출신들이고요. 현실이 이러니 그들이 득세를 할 수밖에 없습니다."

"다른 나라의 도움을 받지 않고요?"

돌이 고개를 저었다.

"쉽지 않습니다. 이곳 하와이에는 영국인들이 먼저 들어왔습니다. 그래서 적극적인 포교도 하고 개척도 했지요. 그러나 미국에서 이민자들이 쏟아져 들어오면서부터 저울추가 급격히 기울어 버렸습니다."

대진이 문제를 지적했다.

"독립국의 지휘를 유지하려면 무엇보다 국방력이 확고해야 합니다. 그런데 귀국은 섬나라임에도 해군조차 없는 형편이지 않습니까?"

샌퍼드 돌이 한숨을 내쉬었다.

"후! 해군을 창설하고는 싶지요. 허나 함정을 구입하려면 막대한 예산을 투입해야 합니다. 안타깝지만 본국은 그럴 만한 재정이 없습니다."

대진이 제안했다.

"본국이 하와이왕국의 해군 창설을 지원해 주는 것에 대해서는 어떻게 생각하십니까?"

샌퍼드 돌이 크게 놀랐다.

"예? 귀국이 해군 창설을 지원해 준다고요?"

하와이국왕도 놀라며 엄청난 관심을 보였다.

"정녕 그렇게 해 줄 수가 있습니까?"

"물론이지요. 국왕 전하께서 승인만 해 주신다면 해군 육성을 적극 지원해 드릴 수 있지요. 필요하다면 함대 창설도 도와드릴 수도 있고요."

"함대 창설까지요?"

"그렇습니다."

돌이 바로 나섰다.

"함대를 창설하려면 적어도 3척 이상의 전함이 필요합니다. 그런 부분을 귀국이 도와준단 말입니까?"

"하와이는 폴리네시아의 맹주나 다름없는 나라입니다. 그만큼 넓은 영토와 인구를 갖고 있다는 의미이지요. 그런 하와이가 해군도, 함대도 없다는 것은 모순($矛盾$)이나 다름없지 않을까요?"

두 사람의 안색이 심각해졌다. 대진은 생각에 빠진 그들이 입을 열 때까지 기다렸다.

잠시 후 돌이 질문했다.

"무상 지원은 아니겠지요?"

"미안하지만 그렇습니다."

"아까도 말씀드렸지만 본국은 재정이 별로 튼튼하지 않습니다. 그래서 막대한 비용이 필요한 함대 구입 자금이 없습니다."

돌이 어두운 얼굴로 말했다. 그 모습을 보던 대진이 슬쩍 제안했다.

"저도 그런 사정은 알고 있습니다. 그래서 드리는 말씀인데, 우리 대한이 귀국의 해군 창설 계획을 지원해 드리겠습니다. 아울러 함대를 창설할 수 있도록 함정 3척도 양도해 드리지요. 그 대가로 진주만을 할양해 주십시오."

샌퍼드 돌이 깜짝 놀랐다.

"진주만을 넘겨 달라고요?"

"그렇습니다. 진주만을 넘겨준다면 하와이는 해군과 더불어 함대도 얻게 됩니다. 아울러 본국 함대가 진주만에 주둔하게 되면 귀국이 독립을 지켜 낼 수 있도록 철저하게 보호해 드리겠습니다."

하와이국왕이 반문했다.

"귀국이 우리를 지켜 주겠다는 말씀입니까?"

대진이 크게 고개를 끄덕였다.

"그렇습니다. 본국의 함대가 진주만을 사용하게 되면 미국은 물론 다른 어떤 나라도 하와이에 대해 삿된 생각을 품지 못할 것입니다. 아울러 하와이 내부에서 일고 있는 미국과 합병하려는 움직임도 단번에 차단시킬 수가 있고요."

샌퍼드 돌이 침음했다.

"으음! 본국의 내부 사정도 잘 알고 계시는군요."

"안타깝게도 그렇습니다."

"……."

하와이국왕은 한동안 말을 하지 않았다. 그런 하와이국왕은 더없이 복잡한 표정을 짓고 있었다.

샌퍼드 돌이 나섰다.

"진주만은 입구에 거대한 산호석이 있어서 당장은 사용이 어렵습니다. 그런 사실은 알고 있습니까?"

"물론입니다. 우리 대한은 다행히 그런 걸림돌을 해체할 기술을 갖고 있습니다. 만일 귀국이 저의 제안을 받아들인다면 하와이 해군도 진주만을 사용할 수 있도록 해 드리겠습니다."

"진주만을 개방한다는 말씀입니까?"

대진이 고개를 저었다.

"아닙니다. 진주만은 군사 항구로 사용될 것이어서 개방은 하지 않을 것입니다. 다만 귀국의 함대만큼은 예외로 사용이 가능하고요."

"그렇군요."

그러나 대진의 설명을 듣고도 하와이국왕은 쉽게 결정을 못 했다. 대진은 그런 하와이국왕을 위해 한발 물러섰다.

"갑작스러운 제안이어서 쉽게 결정을 못 하실 겁니다. 그러니 생각할 시간을 갖기 위해 오늘의 대화는 여기서 그만 끝내도록 하지요."

"그렇게 하십시오."

대진은 식사를 끝내고는 잠깐 한담을 나누다가 돌아갔다.

대진이 나가자 하와이국왕이 길게 한숨을 내쉬었다.

"후! 세상에 공짜는 없어."

"그러게 말입니다. 그래도 정중한 제안을 들으니 기분이 나쁘지는 않네요."

하와이국왕도 동조했다.

"그 말은 맞아. 지난번 의회에서 갑자기 미국에 진주만을 무상으로 제공하자고 할 때보다는 나쁘지 않아."

이러던 하와이국왕이 질문했다.

"돌 고문의 생각은 어때?"

샌퍼드 돌이 주저 없이 대답했다.

"솔직히 저는 나쁘지 않다고 생각합니다."

하와이국왕이 놀랐다.

"그래? 그런데 한국에 진주만을 넘기면 의회가 반발하지 않을까?"

"한동안 혼란스럽겠지요. 그러나 그런 혼란은 일과성에 불과할 것입니다. 아니, 한국 함대가 진주만에 입항하는 순간 상황은 지금과는 크게 달라질 것입니다. 그런 변화는 분명 우리 하와이의 독립 유지에 엄청난 도움이 될 것이고요."

"으음!"

하와이국왕이 침음했다. 그런 그의 머릿속은 경우의수를 생각하느라 복잡했다.

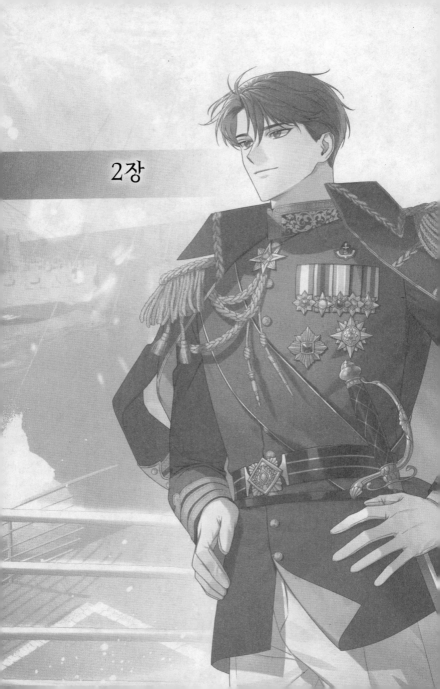

2장

며칠 동안 소식이 없었다.

대진은 처음에는 느긋하게 기다렸다. 그러다 날짜가 점차 지날수록 서서히 초조해져 갔다.

그러던 어느 오후.

조영수와 술을 마시게 되었다.

"많이 답답하시지요?"

대진이 부인하지 않았다.

"그러네요. 바로 연락이 올 줄 알았는데 의외로 시간이 많이 걸리네요."

"아마도 하와이국왕이 측근들과 연일 회의를 하고 있을 겁니다. 그들로서는 나라의 존망이 걸린 일이니만큼 쉽게 결정을 못 하고 있을 겁니다."

"그렇겠지요. 그럴 거라는 생각은 하고 있지만 날짜가 자꾸 지나가니 은근히 초초해지네요."

조영수가 다독였다.

"너무 크게 걱정하지 마십시오. 분명 좋은 소식이 있을 것입니다. 누구보다 독립을 염원하고 있는 하와이국왕으로선 백작님의 제안을 절대 거부하기 어려울 것입니다."

대진이 와인을 단숨에 비웠다.

"미국과의 합병을 동조하는 세력이 많습니까?"

"미국 출신 지주들 상당수가 그런 생각을 하고 있을 것입니다. 그들에게 미국은 자신들 생산물의 주요 소비처니까요."

"합병을 하면 관세를 물지 않기 때문에 그런 거로군요."

"지금도 미국과의 협정에 따라 관세를 물지는 않습니다. 하지만 그런 협정이 언제까지 유지된다는 보장이 없으니까요."

"수출품은 주로 설탕이겠지요?"

"그렇습니다."

"만일 우리가 진주만에 진출한다면 관세 면제 협정이 폐지될 수도 있겠네요."

"그럴 수도 있지요. 그러나 농장주의 대부분이 미국 출신이어서 쉽게 폐지할 수는 없을 것입니다."

"하와이국왕이 그런 판단이 선다면 우리와 손잡는 것은 어렵지 않겠네요."

"맞습니다."

이때였다.

영사관에서 일하는 현지 직원이 안으로 들어왔다.

"영사님, 왕궁으로부터 전언이 왔습니다."

"오! 무슨 전언인가?"

"내일 오전 10시경에 백작님을 뵙자고 합니다."

대진과 조영수가 눈을 반짝이며 동시에 서로를 바라봤다. 그러나 초대가 꼭 성공을 뜻하는 것은 아니었기에 두 사람은 이내 마음을 가라앉혔다.

"알겠네."

조영수가 잔을 들었다.

"부디 좋은 소식이 있기를 기원합니다."

"감사합니다."

쩽!

잔을 부딪친 두 사람은 동시에 술을 비웠다.

다음 날.

대진이 왕궁을 찾았다.

"어서 오십시오."

이번에는 며칠 전과 달리 국왕의 측근들이 모두 모여 있었다. 대진은 국왕을 비롯해 그들과 가볍게 악수를 나눴다.

국왕이 원탁을 권했다.

"앉으시지요."

"감사합니다."

암스트롱 법무장관이 먼저 나섰다.

"백작님께서 제안하신 내용을 국왕 전하께 전해 들었습니다."

"그러셨군요. 어떻게, 충분한 논의는 해 보셨는지요?"

"먼저 확인하고 싶은 부분이 있습니다."

"말씀하십시오."

"진주만을 할양해 주면 귀국의 함대를 주둔시키시겠다고요?"

"그렇습니다. 본국에는 모두 5개의 함대가 있습니다. 만일 귀국이 진주만을 넘겨준다면 새롭게 여섯 번째의 함대를 창설할 것입니다. 그렇게 창설한 함대는 진주만을 모항으로 사용할 계획입니다."

"1개의 함대라면 병력은 얼마나 주둔하게 됩니까?"

"처음부터 대규모 함대를 주둔시키지는 못할 겁니다. 그래서 중간 규모로 보면 1,000여 명이 되겠네요. 그리고 해병대도 대대 병력 정도가 주둔하게 될 것입니다. 그리고 정비 병력과 그 가족까지 포함하면 전부 2,000명 정도로 보면 될 것입니다."

암스트롱의 눈이 커졌다.

"2,000여 명이나 된다고요?"

"그렇습니다. 그뿐이 아닙니다. 진주만 개발이 완료된다면 적어도 5천여 명의 군인과 군속, 그리고 군인 가족이 주둔하게 될 것입니다. 그렇게 되면 하와이 경제에도 큰 도움이 될 것이고요."

"오! 5천 명씩이나!"

샌퍼드 돌도 감탄했다.

"생각보다 훨씬 많은 인구가 거주하게 되겠군요."

대진의 설명이 이어졌다.

"군은 거대한 소비 집단입니다. 그래서 일반인들보다 경제효과가 훨씬 더 크지요. 그리고 우리 군이 주둔하게 되면 투자도 대대적으로 진행될 것입니다."

"투자까지 이어진다고요?"

"그렇습니다. 우선 하와이 주변의 어장을 이용한 통조림 공장이 들어설 겁니다. 아울러 하와이의 특산 농작물을 활용한 통조림공장도 생길 것이고요."

"그런 공장들이 생기면 일자리도 대폭 늘어나겠군요."

"당연히 그렇게 되겠지요."

이번에는 국왕이 질문했다.

"진주만에서 진주 양식을 하는 농민들은 어떻게 됩니까?"

"주둔지가 만들어지는 지역은 어쩔 수 없이 폐쇄 조치를 해야 합니다. 그러나 다른 지역의 양식장은 당분간은 그대로 둘 예정입니다."

"언젠가는 전부 폐쇄되겠군요."

대진은 부인하지 않았다.

"그렇게 되겠지요. 그 대신 농민들을 부대의 근로자로 채용하게 되면 큰 문제는 없을 것입니다."

국왕이 흡족해했다.

"오! 그렇게 조치하면 되겠군요."

암스트롱이 확인했다.

"우리에게 함대를 제공해 준다고 했는데, 어떤 선박입니까?"

"전부 철갑 기범선이지요. 2척은 1,000톤급이고 1척은 기함으로 2,000톤급입니다."

암스트롱의 입에서 탄성이 터졌다.

"오오! 2,000톤급 전함까지 제공해 준다고요?"

"그렇습니다. 비록 연식은 10년 이상 되었지만 전부 현역에서 활약하고 있는 함정입니다."

국왕과 하와이 사람들이 크게 술렁였다. 이들은 대진이 옆에 있음에도 불구하고 자신들끼리 귓속말로 열심히 대화를 나누었다.

대진은 자신의 발언으로 분위기가 후끈 달아오른 것을 체감했다. 그래서 느긋한 마음으로 논의가 끝날 때까지 기다렸다.

그리고 얼마 후.

국왕이 확인했다.

"귀국이 본국의 독립을 지켜 주겠다고 했는데, 구체적으로 어떻게 해 주실 건지요?"

"양국 간에 상호방위조약을 체결하겠습니다. 그리고 귀국을 침략하려는 나라가 있다면 본국이 나서서 물리쳐 드리지요."

암스트롱 장관이 질문했다.

"솔직히 상당히 좋은 조건이기는 합니다. 그런데 귀국이 이런 배려를 하면서까지 진주만을 얻으려는 까닭이 무엇입니까?"

대진이 숨기지 않았다.

"해양영토를 확보하기 위해서입니다. 대서양은 미국을 비롯한 유럽 열강들이 각자의 영역을 구축해 놓고 있지요. 카리브도 마찬가지고요. 반면에 태평양은 아직 무주공산이나 다름없습니다. 그런 태평양 지역에 본국의 영향력을 확대하기 위해서는 진주만이 꼭 필요한 상황입니다."

찰스 저드 대령이 나섰다.

"만일 귀국이 많은 병력을 파견했다가 나쁜 마음을 먹으면 어떻게 합니까?"

대진이 웃으며 고개를 저었다.

"그런 일은 절대 없을 터이니 안심하십시오. 제가 알기로 하와이에는 미국 출신 주민들이 수만 명이나 살고 있는 것으로 압니다. 그런 하와이를 우리가 강점하면 미국이 가만히 있겠습니까?"

찰스 저드 대령이 바로 동의했다.

"맞습니다. 미국이 그런 사실을 절대 묵과하지 않을 것입니다."

대진의 설명이 이어졌다.

"우리는 미국과 선린 우호 관계를 유지하고 있습니다. 이는 앞으로도 마찬가지일 것이고요. 그런 우리가 한미 양국 간에 분쟁의 불씨가 될 일을 뭐 하려고 만들겠습니까?"

찰스 저드 대령이 지적했다.

"우리보다는 미국을 더 신경 쓴다는 말로 들립니다만."

대진이 고개를 저었다.

"그렇지는 않습니다. 다시 말씀드리지만 우리에게 필요한 것은 해양영토 확보입니다. 해양영토를 확보하기 위해서는 귀국의 도움이 필요하지요. 우리 대한제국은 황금알을 낳는 거위의 배를 가르는 어리석은 짓을 벌이지 않습니다."

이 말에 하와이 사람들만의 대화가 잠시 진행되었다. 그러기를 얼마 후, 국왕이 결정했다.

"좋습니다. 귀국에 진주만을 넘겨주지요."

대진은 내심으로는 쾌재를 불렀다. 그러나 겉으로는 느긋한 표정으로 고개를 끄덕였다.

"현명한 결정을 하셨습니다. 국왕 전하의 이번 결정이 하와이 발전에 반드시 도움이 될 것입니다."

국왕이 한 번 더 확인했다.

"본국의 독립을 반드시 지켜 주어야 합니다."

"물론입니다. 어떠한 일이 있더라도 그 약속만큼은 꼭 지켜 드리겠습니다. 그런데 의회에서 문제를 삼지는 않겠습니까?"

샌퍼드 돌이 고개를 저었다.

"의회는 걱정하지 않아도 됩니다. 이런 문제는 국왕 전하께서 전결로 처리할 수 있습니다."

"그렇다면 다행이군요."

대진이 모두를 둘러봤다.

"자! 그러면 협정문 작성을 시작할까요?"

국왕이 흔쾌히 동의해 주었다.

"그렇게 합시다."

대진은 조영수를 불렀다.

영사관은 왕궁의 바로 옆에 있다.

눈썹이 휘날리며 달려온 조영수의 품에는 대진이 미리 작성해 놓은 문서가 들어 있었다. 협정문은 이 문서의 내용을 첨삭하면서 정리했기 때문에 의외로 쉽게 끝났다.

협정문이 작성되었다.

협정문은 영어로 하와이 왕실에서 사용하는 전용 용지에 쓰였다. 대진과 하와이국왕이 각자 서명하고서 문서가 교환되었다.

펑! 펑!

왕실 사진사가 기념촬영을 했다.

기쁨을 감추고 있던 대진은 처음으로 사진을 찍으면서 환하게 웃었다. 그렇게 촬영을 마치고서 늦은 오찬이 시작되었다.

샌퍼드 돌이 술병을 들고서 모든 사람의 잔에 술을 채웠다. 그러고는 자신이 먼저 잔을 들고서 소리쳤다.

"자! 우리 모두 건배합시다. 하와이왕국의 영원한 미래를 위하여, 건배!"

"건배!"

사람들이 단숨에 잔을 비웠다.

이날의 협정 체결은 다음 날, 하와이에서 발행하는 모든 신문의 1면을 장식했다. 그리고 10여 일 후 태평양을 건너 미국에도 알려졌다.

캘리포니아로 전해진 소식은 전신을 타고 동부로 알려졌다. 동부 지역의 주요 신문들이 이 사안을 주요 소식으로 다뤘다.

미국 정계가 발칵 뒤집혔다.

미국은 19세기 초부터 꾸준히 하와이로 이민자를 보내왔다. 그 덕분에 하와이 경제는 미국 출신자들이 대부분 장악할 수 있었다. 이런 하와이는 미국에 언제라도 합병할 수 있는 나라로 인식되어 왔다.

그런데 미국 의회는 하와이 통합이 국익에 별다른 도움이 되지 않는다는 생각을 갖고 있었다.

그럴 수밖에 없는 것이, 지금까지 미국은 늘 관세 면제 등 하와이에 지원만 해 주고 있었다. 그리고 해양영토에 대한 개념이 확실하게 서 있지도 않았다.

그래서 미국은 하와이 통합에 대해 미온적인 태도를 견지해오고 있었다. 그 대신 자신들이 오랫동안 고수해 온 아메리카 우선주의 정책에 따라 카리브에 국력을 집중하고 있었다.

그렇지만 하와이를 아예 버려둔 것은 아니었다. 그런데 이런 하와이에서 자신들이 통제를 못 하는 일이 발생한 것이다.

미국 대통령은 22대로 스티븐 글로버 클리블랜드다.

비서로부터 진주만에 관한 보고를 받은 클리블랜드 대통령은 당황했다.

그는 즉시 부통령을 불렀다.

토머스 앤드루스 헨드릭스(Thomas A Hendricks) 부통령이 대통령 집무실로 들어섰다.

"토머스, 하와이에 대한 소식을 들었습니까?"

헨드릭스의 안색이 굳어졌다.

"방금 워싱턴포스트의 기사를 읽었습니다."

클리블랜드 대통령이 한숨을 내쉬었다.

"하! 마른하늘에 날벼락도 아니고, 어떻게 이런 일이 발생한 것입니까?"

헨드릭스도 거들었다.

"저도 갑자기 들은 소식이어서 어떻게 된 일인지 모르겠습니다. 하와이의 진주만이 한국에 넘어가면 우리의 대하와이 정책에 큰 차질을 빚게 된 것만은 분명합니다."

"어떻게 조치했으면 좋겠습니까?"

헨드릭스가 한발 물러섰다.

"이런 일은 한두 사람의 의견을 듣고 판단하면 안 됩니다. 우선은 국무장관을 비롯한 주무장관을 불러들여 의견을 들어 보시지요."

"그렇게 합시다."

이날 오후.

미합중국 대통령의 집무실로 몇 사람이 모여들었다. 이들은 부통령을 비롯해, 국무장관, 재무장관, 전쟁장관, 해군장관 등이었다.

클리블랜드가 먼저 입을 열었다.

"모두 하와이에 대한 소식을 들었을 겁니다. 오늘 여러분 모신 것은 그에 대한 대책을 마련하기 위해서입니다."

국무장관 토머스 F. 베이어드(Thomas F. Bayard)가 먼저 나섰다.

그는 하와이를 격하게 성토했다.

"소식을 듣고 너무도 놀랐습니다. 하와이가 어떤 나라입니까? 그동안 우리는 다양한 방법으로 하와이를 지원해 왔습니다. 특히 관세까지도 면제해 주면서까지 하와이의 설탕산업도 보호해 주었고요. 그런데 다른 나라에게 진주만을 넘기다니요. 이건 있을 수가 없는 일입니다."

부통령이 다른 의견을 냈다.

"저는 하와이보다 한국의 처사가 문제라고 생각합니다. 하와이가 우리의 영향력 아래에 있다는 사실을 모르는 나라는 없습니다. 더구나 한국은 하와이와 정식 수교를 해서 영사를 파견하고 있고요. 그런 한국이 공작을 벌여 진주만을 할양받았다는 것은 우리 미합중국을 무시하는 처사입니다."

재무장관 다니엘 매닝(Daniel Manning)도 이 의견에 적극 동조했다.

"맞는 말씀입니다. 이번 일은 전적으로 한국의 공작이 빚어낸 결과가 분명합니다. 만일 한국이 공작을 꾸미지 않았다면 하와이가 진주만을 넘겨주는 일은 결단코 없었을 것입니다."

전쟁장관 윌리엄 C. 엔디코트(William C. Endicott)의 의견은 달랐다.

"한국이 공작을 꾸몄다고 해서 그걸 탓할 수는 없다고 생각합니다. 하와이가 우리와 가까운 것은 사실이지만 엄연한 독립국입니다. 그런 하와이가 자신들의 판단에 따라 진주만을 넘겨주었다는 것에 무슨 문제가 있겠습니까?"

재무장관이 눈을 크게 떴다.

"엔디코트 장관은 그럼 이 일이 우리와 별 상관이 없다는 말씀입니까?"

"상관이 전혀 없지는 않겠지요. 그러나 지금의 우리는 태평양보다 대서양, 특히 카리브에 집중해야 할 때입니다. 매닝 장관께서도 쿠바가 지금 어떤 상황인지 잘 아시지 않습니까?"

쿠바라는 말에 실내 분위기가 급격히 변했다.

지금의 쿠바는 스페인 식민지다. 그러나 10년에 걸친 독립

전쟁이 진행되면서 쿠바의 상황은 하루가 다르게 급격히 변했다.

쿠바는 아직도 노예제도가 운영되고 있었다. 그래서 지금까지는 노예를 활용한 대지주들이 크게 득세해 왔다.

그러다 10년 전쟁으로 노예제도가 흔들리면서 지주들도 따라서 흔들리고 있었다. 그런 와중에 미국의 자본이 급격히 유입되면서 쿠바는 사실상 미국의 영향력 아래에 놓이게 되었다.

아메리카를 중시하는 미국의 입장에서는 당연히 하와이보다 쿠바가 우선이었다. 더구나 쿠바는 사탕수수뿐 아니라 담배 농사에도 최적인 토질을 갖고 있어서 더 그러했다.

재무장관 매닝도 한발 물러섰다.

"쿠바와 하와이는 비교할 수가 없지요."

전쟁장관이 다시 말을 이었다.

"그렇습니다. 아직까지 스페인이 지배를 하고 있지만 실상은 다릅니다. 그런 쿠바에 좀 더 역량을 집중한다면 충분히 우리 미합중국이 장악할 수 있을 것입니다."

"그러기 위해서는 스페인을 지지하는 지주들을 몰락시켜야 합니다."

"예, 맞습니다. 쿠바로 유입된 흑인 노예가 100만이나 됩니다. 지주들을 몰락시키기 위해서는 하루빨리 노예제도를 폐지시켜야 하고요."

그때 국무장관이 나섰다.

"지금은 하와이 문제를 의논하는 자리입니다. 그러니 쿠바에 대해서는 거론하지 않았으면 좋겠습니다."

그러자 전쟁장관이 이의를 제기했다.

"그렇지 않습니다. 모두가 우리 합중국의 국익에 관한 일입니다. 어느 지역에 더 중점을 둬야 하는지부터 결정해야 그에 따른 각각의 대책을 마련하지 않겠습니까?"

국무장관이 확인했다.

"엔디코트 장관은 우리의 역량을 쿠바로 집중해야 한다는 말씀인가요?"

"물론입니다. 하와이가 태평양의 중심이어서 지정학적으로 중요하기는 합니다. 그러나 이미 진주만을 한국이 가져간 이상 중요도는 쿠바와는 비교할 수 없을 정도로 떨어지게 되었습니다. 그리고 이미 체결된 협정을 우리가 나서서 바꾸려 한다면 한국이 가만히 있겠습니까?"

"으음!"

"우리가 아무리 항의한다 해도 한국이 체결된 할양 조약을 스스로 파기하지는 않을 것입니다."

해군장관 윌리엄 C. 휘트니(William C. Whitney)도 동조했다.

"정확한 지적입니다. 한국은 자신들의 국익에 따라 하와이와 진주만 할양 협정을 체결했습니다. 그런 한국이 우리가 반발한다고 해서 절대 쉽게 물러나지 않을 것입니다. 그렇다고 우리가 병력을 동원할 수도 없는 일이고요."

전쟁장관 엔디코트가 동조했다.

"이런 문제일수록 냉정하고 차분하게 일을 처리해야 합니다. 그러지 않고 감정적으로 대응을 한다면 우리 합중국의 국익에 큰 손실을 입을 수밖에 없습니다."

부통령이 나섰다.

"그렇다고 가만있을 수는 없지 않겠습니까?"

"그거야 당연한 말씀이지요. 우리가 가만있게 되면 하와이에서의 영향력이 현격하게 줄어들게 됩니다. 그렇게 되면 지금까지 진행해 온 노력이 헛수고가 되지요. 우선은 강력하게 항의부터 해야 할 것입니다."

"관세 혜택을 없애는 건 어떻게 생각합니까?"

국무장관이 반대하고 나섰다.

"그건 안 됩니다. 하와이의 설탕 산업은 국가기간산업이나 마찬가지입니다. 그런 설탕 산업을 장악하고 있는 것은 우리 이민자와 그 후손들이고요. 만일 관세 면제를 철폐한다면 가장 먼저 그들이 타격을 입게 됩니다. 그렇게 되면 그들의 영향력이 하와이에서 급격하게 줄어들 수밖에 없고요."

전쟁장관도 동조했다.

"동의합니다. 관세 면제를 철폐하면 캘리포니아의 설탕 산업이 완전히 무너질 수가 있습니다."

부통령도 이 점은 인정했다.

"아! 맞습니다. 잘못했다간 캘리포니아 경제도 크게 흔들릴 수가 있겠네요."

"예, 그러니 관세 철폐보다는 물량을 제한하는 쿼터를 도입하는 것이 좋습니다. 그리고 그 시행도 적당하게 조절해 가면서 추진해야 하고요."

부통령이 난감해했다.

"하! 이거 참, 문제로군요. 강력하게 대처하려니 우리 주민이 당장 피해를 보게 되었어요. 그렇다고 그냥 넘기는 것은 더 큰일이고요."

"어쩔 수 없습니다. 그렇게 신경 써야 할 만큼 하와이로의 이주가 많았다는 의미지요."

클리블랜드 대통령이 나섰다.

"한국이 하와이와 합병하지는 않겠지요?"

전쟁장관이 고개를 저었다.

"어려운 일입니다. 우리 때문에라도 그렇게 할 수는 없을 것입니다."

해군장관이 나섰다.

"우선은 하와이와 한국에 강력하게 항의는 해야 한다고 생각합니다. 그래야 하와이에 대한 우리의 기득권을 유지할 수 있습니다. 그리고 하와이 정부에는 진주만을 내준 대가를 따로 받아 내야 할 것이고요."

부통령이 고개를 갸웃했다.

"대가를 어떻게 받아 낸단 말씀이오?"

해군장관이 어깨를 으쓱했다.

"그건 저도 아직은 모르겠습니다. 방법은 여러 가지가 있을 것이니 지금부터 논의해 보도록 하지요."

전쟁장관도 동조했다.

"저도 그게 좋을 듯합니다."

국무장관이 슬쩍 제안했다.

"병력을 동원해서 엄포를 주어도 되지 않겠습니까?"

전쟁장관이 펄쩍 뛰었다.

"절대 불가합니다. 한국은 프랑스의 태평양함대를 압도한 전력을 갖고 있습니다. 당시 보고에 따르면 프랑스 태평양함대의 함정 전부를 나포하고 1만여 명의 병력까지 포로로 만들었다고 합니다. 우리 합중국의 해군력이 아무리 뛰어나다 해도 그 정도로 프랑스를 압도할 수는 없습니다."

국무장관이 항변했다.

"저도 그 일은 알고 있습니다. 하지만 그 해전은 일과성일 수도 있지 않겠습니까?"

해군장관이 바로 나섰다.

"그렇지 않습니다. 당시 프랑스는 선전포고도 하지 않고 대규모 병력을 동원했었습니다. 한국이 청국과 전쟁하고 있는 틈을 노린 것이지요. 그러나 한국은 청국과의 전쟁에서 대규모 병력을 동원했음에도 불구하고 프랑스를 압도했습니다. 그게 무엇을 의미하겠습니까?"

전쟁장관이 말을 받았다.

"그만큼 한국의 군사력이 뛰어나다는 의미지요."

"맞습니다. 물론 우리도 어느 나라에 뒤지지 않는 군사력을 보유하고 있기는 합니다. 그러나 한국처럼 프랑스 태평양 함대를 압도하기에는 아직 역량이 부족합니다. 안타깝지만 여러분께서는 이 점을 절대 간과하시면 아니 됩니다."

"……."

오벌 오피스에 잠시 침묵이 내려앉았다. 그런 침묵을 클리블랜드 대통령이 깼다.

"두 분 장관의 말씀대로 군사행동은 하지 않는 것으로 결정하지요. 그러면 한국으로부터 어떤 대가를 받는 게 좋다고 생각합니까?"

처음에는 침묵하던 참석자들은 시간이 지나면서 하나둘씩 입을 열었다. 그러다 어느 순간 격론이 벌어지며 실내 분위기는 후끈 달아올랐다.

워싱턴에서 이런 일이 벌어지고 있을 무렵.

호놀룰루에서는 하와이 최초의 특별 행사가 벌어지고 있었다. 호놀룰루항구 광장에는 수많은 사람이 구경하러 나와 있었다.

그런 사람들이 바라보는 전면에는 대한제국 함대가 위용을 드러내고 있었다.

하와이국왕이 감탄했다.

"오오! 저 함대가 우리 해군에 양도될 전함이란 말이지요?"

대진이 설명했다.

"저기 보이는 선체에 흰색 선이 그어진 3척의 함정이 귀국에 인도될 것입니다."

"아! 일부러 흰색을 칠해 놓은 것이군요."

"그렇습니다. 저 함정들은 본래 각자의 이름이 있었습니다. 그런 선명을 우리 수군에서 일부러 재적시켜서 가져왔습니다."

찰스 저드 대령이 아는 척을 했다.

"아! 이름을 우리가 새로 명명해야 하는 거로군요."

"그렇습니다. 사람이 군에 입대하면 군적을 갖듯이 함정도 각자의 군적이 별도로 있습니다. 조금 있다 인도식을 하게 되면 그 군적을 우리 수군에서 넘겨줄 것입니다."

"그렇군요. 그런데 귀국은 해군을 왜 수군(水軍)이라고 하는 건가요?"

"우리 대한은 바다가 아닌 강을 이용한 수운이 발달했습니다. 그러다 보니 자연스럽게 강과 바다를 모두 아우르는 수군이 된 것이지요."

"그렇군요. 어떻게 보면 해군보다 수군이 더 어울릴 수도 있겠습니다."

"하하하! 그렇지요. 하지만 귀국은 강을 이용한 수운은 거의 불가하니 해군이 정확한 명칭입니다."

"맞습니다. 우리 하와이의 강은 수운을 할 정도로 넓고 깊지가 않지요."

잠시 후.

3척의 함정이 선착장에 접안했다.

이어서 기함으로 사용될 2,000톤급에서 사다리가 내려졌다. 그것을 본 세관원이 병력을 인솔하고 갑판으로 올라갔다.

그리고 잠시 후.

10여 명의 대한제국군과 함께 하선했다. 세관원은 이들을 하와이국왕이 있는 곳으로 데려왔다.

대진이 먼저 나섰다.

기함의 함장이 거수경례했다.

"충성! 중령 이선호가 백작님께 인사드립니다."

대진이 손을 내밀었다.

"어서 와, 이 함장. 오느라 고생이 많았어."

"아닙니다."

대진이 국왕을 소개했다.

"인사드리도록 해. 하와이국왕이시다."

이선호가 거수경례를 했다.

"처음 뵙겠습니다. 대한제국 수군 중령 이선호입니다."

하와이국왕은 대진에게 미리 인사 예절에 대한 설명을 들었다. 그래서 환하게 웃으며 손을 내밀었다.

"어서 오시오, 중령."

"감사합니다."

하와이국왕은 주변 사람을 소개했다. 이선호가 그들과 일일이 인사와 악수를 나눴다.

대진이 확인했다.

"이 함장이 해군고문단장이 되어 항해술을 전수해 줄 건가?"

"그렇습니다. 그런데 함정을 기동하려면 석탄이 필요한데, 하와이에 석탄이 있습니까?"

"그 점은 걱정하지 않아도 돼. 내가 확인해 본 바로는 미국 본토에서 주기적으로 석탄이 들어오고 있어."

"그렇다면 문제가 없겠네요."

대진이 부탁했다.

"하와이국왕과 정부 관계자들에게 배를 구경시켜 주고 싶은데, 가능한가?"

"물론입니다."

대진이 하와이국왕을 바라봤다.

"배를 둘러보시겠습니까?"

"물론이지요."

국왕이 뒤를 돌아봤다.

"함께 둘러보도록 합시다."

"예, 전하."

하와이국왕의 지시에 따라 수십 명이 앞으로 나섰다. 대진은 이들을 안내하며 배를 둘러봤다.

함장이 설명하면 대진은 그걸 영어로 통역해 주었다.

호놀룰루에는 미국 함정이 자주 드나들었다.

그런 함정은 내부를 기밀로 해서 한 번도 개방하지 않았다. 그래서 대부분 함정의 내부가 처음이었던 하와이 사람들은 눈과 귀를 열고 경청했다.

군함은 누구에게나 관심의 대상이다.

이는 하와이 사람들도 마찬가지여서 질문공세가 끊이지 않았다. 대진은 이런 질문에 성실히 대답해 주었고 그 바람에 관람은 꽤 오래 진행되었다.

이렇게 첫날이 지나갔다.

그리고 다음 날.

항해술 전수가 시작되었다.

대진과 협상을 마친 하와이는 미리 해군 지원자를 모집했다. 섬나라답게 대부분은 바다를 두려워하지 않아서 지원자는 넘쳐 났다.

그래서 나름대로 하와이 최고의 자원을 선발할 수가 있었다. 덕분에 항해술 전수는 시작부터 알차게 진행되었다.

기함의 함장이 지시했다.

"함대 출항한다. 기함은 닻을 올리고 기관실은 출력을 높이도록 하라!"

그러자 통신관이 전성관에다 소리쳤다.

"기관실, 출력 최대로!"

붕!

이어서 기적이 울리며 기함이 서서히 선착장을 빠져나갔다. 기함의 함장은 무사히 선착장을 벗어나자 항구 광장을 향해 거수경례를 했다.

호놀룰루항구 광장에는 함대의 첫 출항을 축하하기 위해 국왕과 관계자들이 대거 나와 있었다. 대진도 이들과 함께 일찍부터 나와 있었다.

하와이국왕이 손을 들었다.

"무사히 잘 다녀오도록 하라!"

붕!

기함이 마치 대답을 하듯 한 번 더 기적을 울렸다. 그러고는 당당히 물살을 가르며 외해로 나갔다.

원양으로 나간 함대는 열성을 다해 항해술을 전수했다. 섬나라 주민들답게 하와이 사람들은 빠르게 항해술을 습득해 나갔다.

그리고 10여 일 후.

원양에 나갔던 함대가 귀환했다.

대진은 기함의 함장을 불렀다.

"어떻게, 항해술 전수는 잘 받아들이던가?"

"의외로 잘 받아들이고 있습니다. 그 덕분에 처음 예상했던 일정보다 크게 단축시킬 수 있을 것 같습니다."

"다행이구나. 특이점은 없었어?"

함장이 한숨을 내쉬었다.

"하! 그런데 포격의 습득 능력이 현저히 떨어집니다. 이대로라면 항해술은 일찍 끝날 수 있지만 포격만큼은 예정보다훨씬 늦어질 것 같습니다."

대진이 분석했다.

"하와이는 통일 전쟁 이후 단 한 번도 전쟁을 치러 본 적이 없어. 아마도 그런 영향이 크게 작용한 것 같아. 그리고수학적 지식이 많이 떨어지는 것도 영향이 깊을 거야."

기함의 함장도 동의했다.

"맞습니다. 사통관의 보고에 따르면 수학적 사고력이 우리와 현저히 차이가 난다고 했습니다."

"그래도 어쩌겠어. 시간을 두고 가르칠 수밖에."

"그렇게 해야지요. 그런데 진주만은 언제부터 이용할 수있는 겁니까?"

"할양 협정은 이미 완료되었어. 그래서 언제라도 이용이가능하지."

"그렇군요. 육지는 어느 정도까지 면적을 받아 낸 것입니까?"

"산지는 5킬로미터 내외인 곳도 있지만 해안에서 대략 10 킬로미터로 정리했다네."

그 말에 기함의 함장이 눈을 크게 떴다.

"오! 육지 면적도 상당히 넓군요. 그 정도면 대규모 부대가 주둔해도 별다른 문제가 없겠습니다."

대진도 동의했다.

"맞아. 새로 창설하게 될 함대와 사단급의 해병대가 머물러도 될 정도로 얻어 냈지."

"대단하십니다."

"그건 그렇고, 수중폭파부대는 언제쯤 들어올 수 있는 거야?"

"이번에 들어간 배가 그들을 바로 싣고 올 것입니다."

대진이 반색했다.

"오! 그렇다면 바로 작업을 할 수 있겠구나."

"그렇습니다."

"알겠네. 하와이 정부와 협의해서 미리 준비해 둘 것은 준비해 놓아야겠어."

"그렇게 하십시오."

이날 대진은 각 함의 함장과 간부를 초대해 연회를 베풀었다. 이 자리에 해군에 자원한 하와이군의 찰스 저드 대령도 참석해 교류했다.

그런 다음 날.

하와이 왕궁에서 전령이 달려왔다.

조영수가 전령을 맞았다.

"무슨 일이 있는 건가?"

"미국에서 항의 사절이 도착했습니다. 그래서 국왕 전하께서 백작님을 급히 모셔 오라고 했습니다."

"항의 사절이 왔다고요?"

"예, 잘은 모르지만 진주만 할양을 문제 삼고 있는 것으로 압니다."

대진이 바로 일어났다.

"알겠습니다. 곧 들어갈 터이니 먼저 가 보세요."

"예, 백작님."

전령이 나가자 조영수도 일어났다.

"미국이 발 빠르게 대응하네요."

대진이 예상했다.

"그만큼 진주만 할양이 그들에게는 충격적이었던 거겠지요. 그들에게 하와이는 언제라도 품에 넣을 수 있는 나라로 생각되었을 테니까요."

조영수도 동조했다.

"하긴, 뒤통수를 맞은 기분이겠지요. 저들이 강력하게 항의해 올 터인데, 어떻게 하실 생각입니까?"

대진이 어깨를 으쓱했다.

"달라질 것은 없습니다. 쌀이 익어 밥이 되었는데 이제 와서 항의해 본들 무슨 소용이 있겠습니까?"

"그렇기는 합니다만 하와이국왕이 난처해하지 않을까요?"

대진이 고개를 저었다.

"별일 없을 것입니다. 하와이국왕은 결코 어리석은 사람이 아닙니다. 그도 이런 상황이 있을 것을 충분히 예상했을 것입니다. 더구나 참모들도 있지 않습니까?"

"그건 그렇습니다."

"자! 그러니 미국 사신이 무슨 말을 하는지나 들어 보러 가 봅시다."

"하하하! 알겠습니다."

대진은 조영수와 함께 느긋하게 입궐했다. 대진이 국왕의 집무실로 들어가니 몇 사람이 국왕과 함께 기다리고 있었다.

하와이국왕이 소개했다.

"인사하시지요. 여기 이분은 한국의 백작님이시며 황실특별보좌관이십니다. 그 옆의 분은 호놀룰루 주재 영사이시지요. 그리고 이분들은 미국 정부 특사들입니다."

미국 정부 특사가 먼저 인사했다.

"처음 뵙겠습니다. 미합중국 대통령 특사이며 국무부 차관보인 조지 월슨이라고 합니다."

그러면서 손을 내밀자, 대진이 손을 맞잡았다.

"대한제국 백작이며 황실특별보좌관인 이대진이오."

두 사람은 각각 일행을 소개했다.

하와이국왕이 자리를 권했다.

"자리에 앉으시지요."

대진이 자리에 앉으며 미국 특사를 바라봤다.

"미국 특사께서 나를 보러 오신 겁니까?"

조지 윌슨은 고개를 저었다.

"본래는 하와이국왕 전하를 뵈러 왔습니다. 그런데 와 보니 백작님께서 아직 머물고 계신다고 하여 모신 것입니다."

"그렇군요. 그런데 무슨 일로 하와이를 찾으신 겁니까? 아! 양국의 기밀 사항이라면 말해 주시지 않아도 됩니다."

조지 윌슨이 고개를 저었다.

"그렇지 않습니다. 한국과도 관련된 일로 찾아왔기 때문에 말씀을 드리겠습니다."

"아! 그래요?"

대진은 자세를 바로 했다.

"말씀을 해 보시지요."

조지 윌슨이 설명을 시작했다.

"본국은 오랫동안 하와이왕국과 선린 우호 관계를 유지해 왔습니다. 그래서 관세도 없애 주면서까지 하와이 경제를 보살펴 주고 있고요. 그런 우리에게 한 마디 상의도 없이 진주만을 귀국에 내준 것은 중대한 하자라고 생각합니다."

그렇게 말한 조지 윌슨이 하와이국왕을 바라봤다. 그의 시선에 하와이국왕의 안색이 굳어졌다.

조지 윌슨의 목소리가 높아졌다.

"그리고 하와이는 우리 미합중국의 동의 없이는 어떤 나라에게도 영토를 제공하지 않아야 한다는 조약을 체결한 적이 있습니다. 그래서 우리 미합중국은 양국 간에 체결한 진주만 할양에 관한 조약의 폐기를 주장하는 바입니다."

암스트롱 법무장관이 크게 반발했다.

"지금 무슨 말씀을 하시는 겁니까? 귀국과 체결했던 상호 조약은 폐기된 지가 벌써 몇 년이 지났습니다. 그럼에도 귀국은 지금까지 단 한 번도 그 조약의 연장을 요구하지도 않았고요. 그렇게 폐기된 조약을 이제 와서 문제 삼고 나오는 것은 이치에 맞지 않습니다."

조지 윌슨도 강하게 나갔다.

"우리가 해당 조약의 연장을 요구하지 않은 것은 그만큼 하와이를 믿었기 때문이오. 그런데 하와이는 그런 우리의 믿음을 저버리고 한국을 끌어들여 진주만을 넘겨주었어요. 이는 지금까지 굳건하게 이어 오던 양국의 선린 우호를 근본적으로 해치는 행위라 할 수 있소이다."

암스트롱의 목소리가 높아졌다.

"본국은 엄연한 자주 독립국입니다. 귀국이 그동안 여러 방면에서 도움을 준 사실을 부인하지는 않습니다. 그러나 한국과 상호방위조약을 체결하고 진주만을 할양해 준 것은 전적으로 본국의 국익 때문임을 분명하게 밝히는 바입니다."

대진도 슬쩍 나섰다.

"미국이 하와이를 도와준 사실은 나도 잘 알고 있습니다. 여기 계신 하와이국왕 전하와 다른 분들도 마찬가지로 잘 알고 있고요. 그렇다고 해서 우리 대한제국과 하와이왕국이 정상적으로 체결한 조약을 파기할 수는 없지요. 아니, 우리 대한제국의 입장에서는 전혀 파기하고 싶지가 않네요."

조지 윌슨의 얼굴이 붉어졌다.

대진은 그런 그를 다독였다.

"하와이도 그렇고 우리 대한제국도 협정을 파기할 생각은 전혀 없습니다. 그렇다고 귀국이 그동안 하와이에 도움을 준 사실을 간과할 생각도 전혀 없습니다. 그러니 차라리 우리가 다른 방식으로 귀국에 도움을 줄 수 있는 방안을 찾아보시지요."

그 말에 조지 윌슨의 눈이 빛났다.

"다른 방안을 찾아보라고요?"

"그렇습니다. 세상에 모든 일이 최선만 있는 것은 아니지 않습니까? 그리고 어려운 문제일수록 조금 물러서서 생각해 보면 묘안이 생각날 수도 있습니다. 그리고 우리 대한제국은 미합중국과의 선린 우호 관계를 깨뜨리고 싶지 않다는 점을 알아주었으면 합니다."

대진이 조지 윌슨의 기를 살려 주는 말을 했다.

조지 윌슨의 표정이 대번에 달라졌다. 그러나 그는 이내 정색을 하며 헛기침을 몇 번 내뱉었다.

"험! 험!"

하와이국왕도 나섰다.

"갑작스러운 우리의 결정에 미합중국도 당황했을 겁니다. 그렇지만 우리는 심사숙고해서 결정한 일이라는 점을 알아 주셨으면 합니다."

조지 윌슨이 푸념했다.

"귀국이 이런 생각을 갖고 있다는 점을 조금이라도 알려 주시지 그랬습니까? 그랬다면 우리 합중국은 좀 더 적극적으로 귀국에 도움을 주었을 겁니다."

국왕이 너털웃음을 터트렸다.

"허허허! 모든 일은 거기에 맞는 명분과 때가 필요한 거 아니겠습니까? 나도 여기 이 백작님이 특별한 제안을 하지 않았다면 진주만을 넘겨줄 생각은 조금도 없었습니다."

조지 윌슨은 몇 마디 더 했다. 그러나 양국의 입장이 확고하다는 사실을 확인하고는 한숨을 내쉬었다.

"후! 도저히 되돌릴 방법이 없는 거로군요."

암스트롱이 양해를 구했다.

"미안하게 되었습니다. 미합중국이 이해를 해 주시지요. 저도 미국 이민 출신자의 후손이어서 되도록 미합중국에 유리한 일을 하고 싶습니다. 그러나 지금으로선 무슨 말씀을 하시더라도 협정을 되돌릴 수 없습니다."

조지 윌슨이 씁쓸한 표정을 지었다.

"알겠습니다. 아무리 해도 안 되는 일은 안 되는 것이겠지요."

그 말에 하와이 사람들의 안색이 풀어졌다.

그런 모습에 조지 윌슨은 씁쓸하게 웃었다. 그러다 대진을
바라봤다.

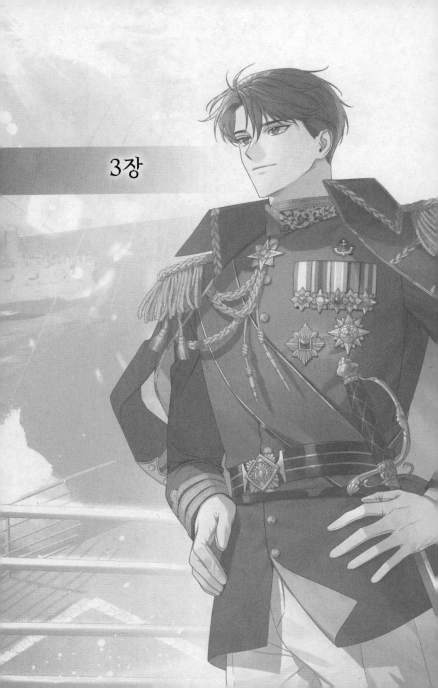

3장

조지 윌슨이 부탁했다.

"백작님과 따로 자리를 만들었으면 좋겠습니다."

대진이 즉석에서 동의했다.

"그렇게 하시지요. 장소는 어디가 좋겠습니까?"

"저는 어디라도 좋습니다."

"그러면 우리 영사관 회의실로 하시지요."

"그렇게 하십시다."

대진이 일어나 양해를 구했다.

"미국 특사께서 저와 단독 대담을 가지려 합니다. 그래서 어쩔 수 없이 우리 영사관으로 모시려고 하니 양해해 주십시오."

하와이국왕이 바로 동의했다.

"당연히 그렇게 해야지요. 어쨌든 진주만 때문에 시작된 일이니만큼 양국이 잘 협의해 유종의 미를 거뒀으면 합니다."

대진이 웃으며 대답했다.

"하하! 분명 잘될 것이니 너무 걱정하지 않으셔도 됩니다. 일이 마무리되는 대로 사람을 보내겠습니다."

"감사합니다."

대진은 조지 윌슨과 영사관으로 건너왔다. 조지 윌슨이 소파에 앉으면서 아쉬워했다.

"하와이는 우리 미합중국의 속령이나 마찬가지인 나라입니다. 그러기 때문에 지금까지 온갖 배려를 해 주고 있었고요. 그런 하와이에 귀국이 이렇듯 자리를 잡을 줄은 생각지도 못했습니다."

조지 윌슨은 불만을 토로했다.

그러나 그 강도는 하와이 왕궁에서와는 미묘하게 달랐다. 대진은 그런 차이점을 알아채고는 부드럽게 나갔다.

"귀국이 양해해 주셨으면 합니다. 우리 대한제국에도 하와이는 중요한 지역입니다. 더구나 귀국은 태평양보다는 대서양, 그리고 카리브가 국익에 더 부합되지 않습니까?"

조지 윌슨이 움찔했다.

"놀랍군요. 귀국 황실의 특별보좌관이신 이 백작님의 혜안이 뛰어나다는 말은 들어 왔습니다. 그런데 직접 만나 대화를 나눠 보니 그 말이 실감이 나는군요."

대진이 겸양하며 맥을 짚었다.

"별말씀을 다 하십니다. 나는 단지 귀국이 지금까지 고수해 오고 있는 먼로주의를 눈여겨본 것뿐입니다."

조지 윌슨이 한숨을 내쉬었다.

"하아! 대단하군요. 백작님의 입에서 먼로주의까지 나올 줄은 몰랐습니다."

대진은 조지 윌슨의 심기 변화를 어렵지 않게 눈치챌 수 있었다.

'하와이 왕궁에 있을 때와는 분위기가 확실히 달라졌어. 그렇다는 말은 미국이 바라는 것이 우리에게 있다는 건데.'

대진이 직설적으로 나갔다.

"자! 이제 말씀해 보시지요. 우리가 도와줄 것이 무엇인지 말입니다."

조지 윌슨이 크게 웃었다.

"하하하! 역시 대단하십니다. 제가 무엇을 바라고 있는지도 바로 알아채시다니요."

대진이 어깨를 으쓱했다.

"윌슨 차관보께서 하와이국왕께 아쉬움을 토로하는 모습이 영 어색했습니다. 그러다 방금 하시는 말씀을 보고 제게할 말이 있다는 것을 알아채게 되었지요."

"그렇군요."

조지 윌슨이 잠깐 생각을 정리했다.

"솔직히 진주만은 우리가 할양받으려고 생각해 왔던 곳입니다. 그런 요충지를 귀국에서 선점했다는 사실이 상당한 충격이었고요."

"충분히 이해할 수 있는 말씀입니다."

"그래서 그 일을 갖고 합중국 대통령과 주요 인사들이 며칠 동안 토론했습니다. 그런 토론자들 중에는 전쟁 불사까지 주장하는 사람도 있을 정도로 격양된 자도 있었고요."

그러나 이 말을 들은 대진은 눈도 깜빡하지 않았다. 그 모습을 본 조지 윌슨이 피식 웃었다.

"역시 이 정도의 말로는 백작님을 놀라게 하지도 못하는군요."

대진이 고개를 저었다.

"그렇지 않습니다. 세상에 전쟁을 두려워하지 않는 나라가 어디 있겠습니까? 그런 사정은 우리 대한제국도 마찬가지이고요. 그러나 일단 전쟁이 벌어지면 어느 누구와 싸워도 지지 않을 자신은 있습니다."

조지 윌슨이 크게 웃었다.

"하하하! 역시 대단하십니다. 그런 자신감을 갖고 있는 나라가 지구상에 과연 몇 나라나 되겠습니까? 모르긴 해도 귀국을 포함해 몇 나라도 되지 않을 것입니다."

대진이 묵례를 했다.

"과찬이십니다. 어느 나라든 자국의 안위가 걸린 전쟁이라면 전력을 기울이겠지요."

"그 말씀은 맞습니다. 우리 미합중국은 귀국과의 선린 우호를 유지하기로 결정했습니다. 그러나 진주만을 넘겨준 일은 너무도 뼈아픈 현실이었기에 귀국에 어느 정도의 보상을 요구하려 합니다."

대진이 즉석에서 동의했다.

"좋습니다. 무리가 되는 요구가 아니라면 들어드리도록 하겠습니다."

"우리 미합중국은 공업을 위해 고래의 기름을 윤활유로 사용하고 있습니다. 그래서 북태평양에 대규모 포경선단을 운용하고 있지요. 그런 포경선이 본래는 북해도에 있던 조계지 항구를 사용해 왔습니다. 그런데 귀국이 북해도를 병합하면서 그 항구를 이용할 수 없게 되었어요."

대진도 이미 알고 있는 사항이었다. 그러나 전혀 모르는 척하면서 질문했다.

"일본이 항구를 개방해 주지 않았습니까?"

조지 윌슨이 고개를 저었다.

"안타깝게도 개항지를 얻어 내지 못했습니다."

"아쉬운 일이군요. 혹시 조계 때문에 그런 것 아닙니까?"

"처음에는 조계를 신청했었지요. 그러나 일본이 난색을 보이면서 지금까지 항구를 이용하지 못하고 있습니다. 더구나 귀국과 러시아와의 영토 교환 협정으로 북해도가 접근 금지 해역이 되면서 아주 곤란한 지경에 처해 있습니다. 그래서 드리는 말씀인데, 쿠릴열도에 우리 포경선이 정박할 수 있는 항구를 개방해 주십시오.”

“쿠릴열도에는 항구가 아직 없습니다.”

“그래서 부탁을 드리는 겁니다. 귀국에서 항구를 만들어 개방한다면 나름대로 상당한 수익을 거둘 수 있을 것입니다.”

“그게 전부입니까?”

“아닙니다. 귀국은 몇 년 전부터 화학공업을 급속히 발전하고 있는 것으로 압니다. 그런 화학공업을 본국과 합작할 생각은 없으신지요?”

의외의 제안에 대진의 눈이 커졌다.

“화악공업을 합작하자고요?”

“그렇습니다. 본국에는 듀폰(DuPonT)이라고 하는 화학 회사가 80여 년 전부터 운영되고 있습니다. 만일 귀국에 있는 화학 회사가 본국의 듀폰과 합작한다면 엄청난 시너지 효과를 볼 수 있을 것입니다.”

“으음!”

대진은 묘한 느낌이 들었다.

‘듀폰은 본래 이 시기에 각종 화학물질을 발견해 내면서 세계 최고의 화학 회사로 발전한다. 하지만 우리가 화학공업을 먼저 일으키면서 최고의 지위를 잃게 되었는데, 그 듀폰과의 합작을 제안받다니. 우리가 이곳에 오면서 발생한 변화

중에서도 큰 변화구나.'

대진은 합작하는 것도 나쁘지 않다고 생각했다. 그러나 그렇다고 해서 쉽게 결정할 사안도 아니었다.

고심하던 대진은 생각을 밝혔다.

"두 사안 모두 쉽게 결정할 수가 없군요. 더구나 화학공업 합작은 본국의 화학 회사와 협의 과정을 거쳐야 하는 문제가 있습니다."

조지 윌슨이 어깨를 으쓱했다.

"지금 당장 결정을 하라는 말씀은 아닙니다. 본래 여정은 하와이를 들렀다가 귀국으로 건너가서 백작님을 만나 뵈려고 했지요. 그러니 시간은 충분합니다."

"잘되었습니다. 그러면 저와 함께 본국으로 건너가시지요."

"알겠습니다. 저는 제가 타고 온 배로 태평양을 건너겠습니다."

"그러시지요. 우선은 이곳 일정을 마쳐야 하니 며칠 후에 출발하도록 합시다."

"알겠습니다."

두 사람은 웃으며 악수를 나눴다.

조지 윌슨을 배웅한 대진은 곧바로 하와이 왕궁으로 건너갔다. 대화 내용을 전해 들은 하와이국왕은 크게 안도했다.

"참으로 다행입니다. 나는 미합중국이 과도한 요구를 할까 봐 마음이 많이 쓰였습니다."

"너무 걱정하지 않아도 됩니다. 미국도 귀국에 무리한 요구가 어떤 결과를 초래하는지 모르지 않을 겁니다."

하와이국왕이 대번에 알아들었다. 그런 국왕이 대진에게 다시 확인했다.

"한국이 끝까지 우리를 지켜 줄 것이지요?"

"물론입니다. 우리 대한제국은 상호방위조약에 입각해서 귀국을 위해하는 어떠한 상황에도 강력하게 대처할 것입니다."

"알겠습니다. 이제부터는 백작님의 말씀만 믿고 더 이상 걱정하지 않겠습니다."

"잘 생각하셨습니다. 진주만 입구의 장애물 제거 공사를 최대한 빨리 끝내라고 독촉하겠습니다. 그리고 돌아가는 대로 진주만에 주둔하게 될 함대 중 일부라도 먼저 보내는 것도 본국 국방부에 제안을 드려 보겠습니다."

"부탁드리겠습니다."

대진이 양해를 구했다.

"저는 미국 특사와 함께 본국으로 돌아가 봐야 합니다. 그러니 앞으로는 조영수 영사와 긴밀히 논의해서 일을 처리해 나가도록 하십시오."

"그렇게 하겠습니다."

인사를 마치고 나온 대진은 며칠 동안 하던 일을 정리했다. 그러고는 미국 특사인 조지 윌슨과 각자의 배를 타고 부산으로 돌아왔다.

대진이 기다렸다가 조지 윌슨을 맞았다.

"오르시지요."

부산에 도착한 대진은 조지 윌슨과 함께 요양으로 가는 특급열차를 탔다. 조지 윌슨은 동양에서 특급열차가 운행된다는 사실에 놀랐다.

이 무렵 미국도 엄청난 속도로 철도가 부설되고 있었다. 더구나 도금시대(鍍金時代)로 불릴 정도로 미국은 황금만능주의가 팽배해 있었다. 그래서인지 윌슨은 부산역의 커다란 역사와 깨끗한 철도에 감명을 받았다.

조지 윌슨이 감탄했다.

"귀국의 철도시설이 대단히 좋군요. 역사의 규모도 생각 이상으로 크면서 깨끗하네요."

"귀국은 철도가 전부 민간이 운용하지요?"

"그렇습니다."

"미국과 달리 본국은 철도산업이 민관 합동으로 운용됩니다. 그래서 다른 어느 나라보다 공정하고 깨끗하게 운용되고 있지요."

윌슨이 크게 고개를 끄덕였다.

"그렇군요. 우리 합중국의 역사는 석탄 등으로 해서 검다는 느낌부터 받습니다. 그런데 귀국은 너무도 청소가 잘되어 있네요."

조지 윌슨이 식당을 둘러봤다.

"식당도 상당히 깨끗하군요."

대진이 크게 웃었다.

"하하! 침대칸도 정돈이 잘되어 있을 겁니다."

"여기서 귀국의 수도까지는 얼마나 걸립니까?"

"여기서 요양까지의 거리가 900킬로미터 정도 됩니다. 이 열차
는 특급열차여서 중간에 한양과 평양, 의주에만 정차하지요. 그래
서 중간 정차 시간을 감안하면 하루 정도의 시간이 걸립니다."

"속도가 상당하군요."

"평균 시속이 50킬로미터 정도 되는 것으로 압니다."

"그렇군요. 귀국에서 만든 자동차가 대단하던데요. 자동
차도 우리 미합중국과 합작할 수 있겠습니까?"

대진이 고개를 저었다.

"미안하지만 자동차는 유럽과 합작하고 있어서 곤란합니다."

조지 윌슨이 크게 아쉬워했다.

"그렇습니까? 자동차는 우리 합중국에서도 폭발적인 인기
를 끌고 있습니다. 그런 자동차 공장을 합작하면 다른 어떤
산업보다 좋은 성과를 거둘 수 있을 터인데요."

대진이 적당히 말을 돌렸다.

"유럽과 합작할 때 10년 독점 계약을 체결했었습니다. 그
래서 합작을 한다 해도 그 이후에나 가능합니다."

"그렇습니까? 그런데 그런 사정을 백작님께서 어떻게 잘 아십니까?"

"그 계약을 체결한 당사자이니까요."

조지 윌슨이 어리둥절했다.

"예? 그게 무슨 말씀입니까? 자동차 합작 계약과 같은 만간사업을 백작님이 체결하다니요?"

"우리 대한제국에는 대한그룹이라는 기업 집단이 있습니다. 그 대한그룹의 중추라고 할 수 있는 기업이 대한무역이지요. 그 대한무역의 대표가 바로 접니다. 자동차는 대한그룹 계열의 대한자동차에서 생산하고 있고요. 그리고 자동차 판매와 대외 관계를 대한무역이 담당하고 있어서 제가 합작 계약을 주도했던 것입니다."

조지 윌슨이 깜짝 놀랐다.

"백작님께서 대한무역 대표라고요?"

대진은 의아해했다. 조지 윌슨이 너무도 크게 놀랐기 때문이었다.

대진이 질문했다.

"아니, 왜 이렇게 놀라십니까?"

"대한무역은 우리 미합중국에도 널리 알려진 무역회사입니다. 그 대한무역의 대표가 백작님이라는데, 어찌 놀라지 않을 수 있겠습니까?"

대진이 고개를 갸웃했다.

"우리 회사가 미국에까지 알려졌다고요? 대한무역은 미국과 직접적인 교역을 아직은 하고 있지 않습니다만."

"직접 교역은 하지 않는 것은 맞습니다. 그렇지만 대한무역에 대한 소문은 이미 널리 퍼져 있는 상황입니다."

"그래요?"

"귀국이 단시일에 동양의 최강대국이 된 사실은 세계를 놀라게 했지요. 그래서 본국의 학계에서도 그 원인에 대한 연구를 많이 하고 있고요. 그런 연구의 결과 중 상당수가 대한무역의 존재를 원인으로 꼽고 있지요."

대진도 몰랐던 사실이었다.

"아! 미국 학계에서 우리나라에 대한 연구를 하고 있다고요?"

"당연히 많은 연구가 있었지요. 귀국은 불과 십몇 년 전만 해도 변방의 소국에 지나지 않았습니다. 그런 귀국이 일본과 청국을 연파하면서 동양 최강국으로 성장했습니다. 지금 같은 시대에 귀국처럼 단시일에 급격한 성장을 이룬 경우는 기적이라 해도 과언이 아닙니다."

"하하! 기적까지요?"

"그뿐이 아닙니다. 귀국의 공업 발전은 상상할 수 없을 정도로 빠르게 진행되고 있더군요. 그 결과, 제약과 화학 그리고 자동차를 비롯한 각종 신기술이 쏟아지면서 급격히 성장하고 있고요."

대진이 인정했다.

"부인하지 않겠습니다. 본국의 기술 발전은 차관보의 말씀대로 급격하게 진행되고 있지요."

"예, 그런 귀국의 기술 중에서 가장 중요하다고 생각되는 화학공업의 합작을 제안하게 된 것입니다. 그런 귀국에서 가장 크고 중요한 회사가 대한무역인데, 그 회사의 대표가 백작님이라는 말에 어찌 놀라지 않겠습니까?"

"그랬군요. 본국의 기술 중 화학이 중요하다고 꼭 집은 사람은 누구입니까?"

조지 윌슨이 고개를 저었다.

"누구 한 사람이 아닙니다. 우리 합중국 정부는 귀국과의 문제를 놓고 학계에 조언을 구했지요. 그래서 얻어 낸 결과가 화학공업 합작이었습니다."

"놀라운 일이군요. 우리와의 합작을 위해 학계에다 조언을 구하다니요."

"그만큼 우리가 이번 사안을 비중 있게 보고 있다는 의미 아니겠습니까?"

"그렇기는 하네요."

"그런데, 백작님께서 대한무역의 대표시라면 화학공업 합작은 전결로 처리하면 되지 않습니까?"

대진이 고개를 저었다.

"제가 관여하는 업무의 영역이 아닙니다."

"아! 그렇군요."

두 사람은 저녁을 먹고도 대화를 이어 나갔다.

각각의 나라 사정을 서로에게서 알고 싶어 했기 때문이다. 두 사람은 침대에 들어갈 때까지 대화를 나누었다.

그런 대화는 다음 날 오후, 열차가 요양에 도착할 때까지 이어졌다.

역에 도착한 대진은 조지 윌슨을 먼저 미국공사관으로 안내했다. 그러고는 외무부에 들러 하와이에서의 결과를 보고하고는 황궁으로 들어갔다.

대진의 보고를 받은 황제는 크게 기뻐했다. 그러면서 함께 온 미국 특사의 제안에 대해 반문했다.

"이 백작은 어떻게 생각하지요?"

"쿠릴열도의 항구는 본국의 국익을 위해서라도 적극 개발하는 것이 좋습니다. 그러나 화학공업 합작은 이해관계가 걸린 문제이니만큼 대한화학의 의견을 존중하는 것이 옳다고 생각합니다."

황제도 동의했다.

"짐도 그렇게 생각이 드네요. 쿠릴열도에는 우리 군항도 있고 현지 주민의 어항도 있는데 개방한다면 어디가 좋겠소?"

대진이 대답했다.

"포경선이 입항하려는 목적은 석탄과 부식 보급, 그리고 선원들의 휴식이 필요해서입니다. 그런 수요를 충족하기 위해서는 시설이 갖춰진 군항이 좋다고 생각합니다."

"군항은 군사기밀 지역이 많습니다. 그런 군항을 개방해도 문제가 되지 않을까요?"

"크게 문제가 되지는 않을 것입니다. 군항을 이용하면 혹시 모를 미국 선원들의 난동 등을 진압할 때 편리한 점도 많습니다."

"경비를 군이 서는 장점은 있겠군요."

"그렇습니다."

"미국 특사는 언제 입궁할 건가요?"

"내일 오전 미국 특사가 폐하를 예방하려고 합니다. 그때 저도 들어와 있겠습니다."

"그렇게 하세요."

다음 날 오전.

미국 특사가 미국공사와 함께 입궐했다. 대진은 그보다 일찍 들어와 있다가 그들을 먼저 영접했다.

대진이 소개했다.

"폐하! 미합중국 대통령의 특사입니다."

조지 윌슨이 앞으로 나섰다. 그러고는 정중하게 모자를 벗고 한쪽 무릎을 꿇고서 예를 표했다.

"아메리카합중국 대통령의 특사인 국무부 차관보 조지 윌슨이라고 합니다."

황제가 영어로 화답했다.

"어서 오시오, 특사. 그만 일어나시오."

"감사합니다, 폐하."

조지 윌슨이 일어서자 황제가 안부부터 물었다.

"미합중국 대통령은 평안하시오?"

"다행히 폐하의 염려 덕분에 잘 계십니다."

황제가 미국공사와도 인사했다.

"어서 오시오, 공사. 그렇지 않아도 이 백작으로부터 귀국의 제안은 들었소이다."

미국공사가 나섰다.

"부디 좋은 결과가 있었으면 합니다."

"쿠릴열도에는 본국의 군항이 있소이다. 그곳을 개방하려는데, 생각이 어떠시오?"

푸트 공사가 놀랐다.

"군항을 개방하신다고요?"

대진이 설명했다.

"쿠릴열도의 어항은 원주민들이 이용하는 곳이어서 규모가 형편없습니다. 더구나 석탄이나 부식 보급도 쉽지가 않은 상황이고요."

"그래도 군항을 개방하면 귀국의 군사기밀이 유출될 우려가 있지 않겠습니까?"

대진는 이 점을 인정했다.

"그럴 수도 있겠지요. 그러나 새로운 항구를 만들기에는 본토와 거리가 있어서 시간이 많이 걸리는 문제가 있습니다. 그래서 우선은 군항의 일부를 개방하려고 생각하고 있습니다."

"그렇게만 해 주신다면 본국으로선 더없이 고마운 일이지요."

"아직은 결정된 사안이 아닙니다. 폐하께서 그런 의중을 갖고 계시다는 점만 알아주십시오."

"알겠습니다."

황제는 미국 특사에게 미국의 사정을 질문했다. 조지 윌슨은 나름대로 성실하게 설명해 주었다.

대진은 대화를 매끄럽게 진행할 수 있도록 한 번씩 부언해 주었다. 덕분에 미국 특사 접견은 꽤 오랫동안 진행되었다.

"그럼 저희들은 이만 물러가겠습니다."

"그렇게 하시오."

미국공사와 특사가 정중히 인사하고서 물러났다. 대진도 그런 두 사람과 함께 접견실을 나왔다.

대진은 두 사람을 자신의 집무실로 안내했다. 대진의 집무실에 들어온 조지 윌슨이 한숨을 내쉬었다.

"후! 황제 폐하께서 말씀을 편하게 하셨지만 위압감이 대단합니다. 서 있는데 나도 모르게 진땀이 났습니다."

푸트 공사도 동조했다.

"맞는 말이오. 나도 폐하를 처음 뵈었을 때는 긴장해서 무슨 말을 했는지 모를 정도였소."

대진이 웃으며 다독였다.

"분위기 때문에 위압감이 들었을 겁니다. 폐하께서는 참으로 부드러운 분입니다."

잠시 숨을 돌린 조지 윌슨이 눈을 빛냈다.

"방금 폐하께서 군항을 내줄 용의가 있다고 하셨는데, 가능한 일입니까?"

대진이 긍정적으로 대답했다.

"폐하께서 못하실 게 무에 있겠습니까? 단지 귀국의 포경 선원을 어떻게 제어할 수 있는가가 문제이겠지요."

조지 윌슨이 고개를 저었다.

"장담을 할 수가 없습니다. 바닷사람들은 거칠기 짝이 없는 일을 합니다. 그런 사람들이 육지에 오르면 쉽게 제어하기 어렵습니다."

"어쨌든 폐하께서 거론하신 일이니만큼 그에 대한 논의를 관계 부서와 해 보려고 합니다."

조지 윌슨이 부탁했다.

"잘 부탁드립니다. 그리고 합작 문제를 논의하려면 시간이 필요할 터인데, 그동안 귀국의 공장들을 견학해 볼 수 있겠습니까?"

"어디를 둘러보시려고요?"

"다른 곳은 차치하고 제약회사와 자동차 회사를 둘러봤으면 좋겠습니다."

대진이 흔쾌히 승낙했다.

"좋습니다. 견학하게 해 드리지요. 하지만 중요한 공정은 보여 드릴 수 없다는 점을 미리 양지해 주시기 바랍니다."

"감사합니다."

대진은 조지 윌슨과 악수를 나눴다.

그리고 대한무역으로 넘어갔다.

마군은 처음부터 대규모 기업 집단을 만들 계획을 갖고 있었다. 그렇게 만들어진 회사의 수익으로 마군과 자신들의 후손을 지원하려 했다.

그래서 대한무역이 먼저 출범했다.

무역 특허를 갖고 시작된 대한무역은 회사가 커 감에 따라 업종을 세분화해 왔다. 그렇게 10년이 넘는 시간이 흐른 이즈음에는 사업분야가 수십 개로 대폭 확장되어 있었다.

기업이 많아지면서 어느 순간부터 대한그룹이라는 명칭이 통용되기 시작했다.

대한그룹의 회장은 손인석이 맡고 있었다. 그러나 이는 형식적인 것으로, 실권은 각 회사의 대표들이 갖고 있었다. 대진은 대한무역 대표였으며 자동차 회사에도 깊숙이 관여하고 있었다.

대진은 국사 때문에 1년의 절반을 외유하느라 회사 일을 보지 못하고 있었다. 그 바람에 대부분의 실무는 송도영 전무가 전담하고 있었다.

"어서 오십시오, 대표님, 오랜만에 뵙습니다."

"그래, 그동안 별일 없었어?"

송도영이 웃으며 대답했다.

"그동안 큰일은 없었습니다."

"다행이다."

"하와이에 가셨던 일이 잘되었다고요?"

"다행히 하와이국왕을 설득할 수 있었어."

대진이 그동안의 결과를 설명했다.

송도영이 크게 반겼다.

"역시 백작님이십니다. 기왕이면 미드웨이까지 얻어 보시지 그랬습니까?"

대진이 고개를 저었다.

"미드웨이섬은 벌써 미국이 자국 영토로 만들었더라고."

"아! 벌써 그렇게 되었습니까?"

"안타깝지만 그래. 그리고 이번에 하와이에서 미국 특사와 함께 들어왔어."

송도영이 짐작했다.

"진주만 할양을 문제 삼으려 했나 봅니다."

"조지 월슨이라고 국무부 차관보인데 우리가 진주만을 얻은 것을 강력히 항의하더라고. 그러나 실상은 그에 대한 반대급부를 얻을 생각이었어."

"무엇을 달라고 하던가요?"

대진이 협의 내용을 설명했다.

송도영이 잠깐 고심했다.

"별로 어렵지 않은 제안이네요. 화학공업 합작은 길게 보면 우리에게 더 득이 될 것도 같고요."

"나도 그렇게 생각은 들었어. 하지만 그 부분은 내가 결정할 사안이 아니어서 함께 들어왔지. 그래서 자동차 공장부터 견학시켜 주려고 해."

"아! 그보다 자동차연구소부터 둘러보도록 하시지요. 조금 전 경유기관 개발에 성공했다는 보고가 들어왔습니다."

대진이 반색했다.

"뭐야! 드디어 개발에 성공한 거야?"

"지난달부터 개발을 마치고 최종 실험을 한다는 소문이 돌았습니다."

대진은 바로 일어섰다.

"함께 남포에 가 보자."

"미국 특사를 안내해야 하지 않겠습니까?"

"우리가 먼저 확인하고 나서 내려오라 해도 늦지 않아."

두 사람은 대한무역 사무실을 나왔다. 그러고는 회사 전용차를 타고 역으로 가서는 기차를 타고 평안도 남포(南浦)의 자동차 회사로 내려갔다.

개혁 초창기만 해도 대부분의 공장들은 마포에 자리하고 있었다. 자동차 회사도 초기에 개발할 때만 해도 마포에 자리하고 있었다.

그러다 공업 발전이 본격화되고 국토균형개발을 위해 공장들이 각지로 이전하게 되었다. 자동차는 철강 제품을 많이 필요해서 송림제철소와 가까운 남포로 이전했다.

남포는 대동강의 하류에 있어서 바다로 나가기가 쉬웠다. 더구나 평양과 가까워 인력수급이 쉽다는 장점이 있었다.

대진이 찾은 남포에는 대규모 공업단지가 조성되어 있었다. 모든 공장들이 자동차와 관련되어 있었기에 남포자동차공단으로 불리고 있었다.

남포로 가기 위해서는 평양에서 기차를 갈아타야 한다. 그래서 찾은 남포자동차공단을 본 대진은 탄성부터 터트렸다.

"아! 대단하구나. 공단 규모가 2년 전보다 2배는 늘어난 것 같아!"

송도영이 설명했다.

"자동차가 미국과 유럽에서 폭발적인 인기를 누리고 있습니다. 그렇게 수출이 급증하면서 공단 규모가 급속도로 커지고 있습니다. 지금과 같은 수출 증가 속도라면 몇 년 내로 다시 2배 이상 커질 것 같습니다."

대진이 확인차 물었다.

"자동차 공장 부지는 충분하지?"

"물론입니다. 나중을 생각해서 부지는 충분히 확보해 두었습니다."

"그래도 부족할 거야. 지금이야 연간 몇만 대지만 앞으로 수십만 대, 많게는 백만 대 이상을 생산해야 하잖아."

"그렇습니다. 그래서 공단을 몇 곳 더 조성하려고 부지를 물색 중에 있습니다."

"기왕이면 요동 일대를 찾아보도록 해. 그래야 인구 분산도 효과적으로 이뤄 낼 수가 있잖아."

"그렇지 않아도 항구가 접해 있는 영구와 신의주 지역을 주시하고 있는 중입니다."

"새로 도시를 만드는 신의주도 괜찮겠구나."

송도영도 동조했다.

"맞습니다. 그동안 일본인 포로들이 동원되어 압록강에 이중으로 제방을 쌓았습니다. 덕분에 압록강 일대에 대규모 부지가 조성되었습니다. 더구나 공업용수도 풍부해서 공단이 들어서기에 최적의 조건을 갖추고 있습니다."

"대한전력에서 공사하고 있는 수풍댐이 완공되면 전력 수요도 문제가 없잖아."

"그렇습니다. 수풍댐의 발전량은 많아서 의주 일대는 물론 멀리 평양 일대의 전력 수요까지 감당할 수 있을 것입니다."

한동안 공단을 살피던 두 사람이 자동차 공장으로 들어섰다. 정문의 경비는 두 사람을 알아보고는 급히 경례를 했다.

"어서 오십시오, 사장님, 전무님."

송도영이 나섰다.

"기관 연구소로 안내해 주시오."

"저를 따라오십시오."

자동차연구소는 정문에서 한참 들어간 곳에 위치해 있었다. 두 사람이 연구소에 다가서니 안에서 힘찬 시동 소리가 들렸다.

부릉! 부릉! 부릉!

송도영이 대진을 바라봤다.

"둔탁한 것이, 경유기관이 맞는 것 같습니다."

"그러게. 안으로 들어가 보자."

대진이 안으로 들어가니 수십여 명의 기술자들이 한곳에 모여 있었다. 그중 한 사람이 대진을 보며 반갑게 인사했다.

"아니, 이게 누구십니까? 백작님 아니십니까?"

대진이 반갑게 손을 내밀었다.

"오랜만입니다, 소장님."

대진을 환대한 사람은 연구소장 진동만이다. 진동만이 다른 사람들과도 반갑게 인사를 나눴다.

인사를 마친 진동만이 질문했다.

"그런데 어인 일이십니까?"

"경유기관 개발에 성공했다고 해서 열 일 제치고 내려왔습니다."

"아! 그러면 잘 오셨습니다."

진동만이 기관을 손으로 가리켰다.

"여기 이놈이 경유기관입니다."

"오! 상당히 크군요."

"승용차에는 경유기관을 당장 적용할 필요가 없을 것 같아서요. 그래서 기관차와 선박 기관용으로 먼저 개발했습니다."

"고생이 많았습니다. 꽤 오래 걸렸지요?"

진동만의 눈빛이 아스라해졌다. 그런 그의 표정에는 만감이 교차되었다.

"처음부터 따지면 10년이 훌쩍 넘었네요."

"의외로 시간이 많이 걸렸습니다."

"그러게 말입니다. 처음에는 기존의 선박 기관을 역설계하면 바로 만들 줄 알았는데, 그게 착각이었어요. 그 바람에 서양으로부터 증기기관차를 도입해야 했고요."

대진이 그를 위로했다.

"고진감래라고 했습니다. 그동안 고생하신 만큼 결과는 좋게 나왔을 겁니다."

진동만이 바로 표정을 수습했다. 그러고는 자신만만하게 개발품을 소개했다.

"그럼요. 이 기관으로 경유기관차는 바로 만들어 낼 수가 있습니다. 선박 엔진도 설계 시간이 필요할 뿐이고요."

"그렇습니까? 2~3년 안에 경유기관을 실전에 배치할 수 있다는 말씀이군요."

진동만이 장담했다.

"그렇습니다. 주변 기기들은 이미 오래전에 개발을 완료해 두었습니다. 그래서 경유기관차의 시제품은 내년 상반기 내로 만들어 낼 것입니다. 선박 엔진은 지금 바로 적용이 가능할 것이고요."

대진이 크게 기뻐했다.

"잘되었습니다. 경유기관차와 선박 엔진이 양산된다면 우리 계획대로 석탄 시대를 뛰어넘어 석유 시대로 바로 진입할 수 있습니다."

"그렇게 될 것입니다. 경유기관으로 만든 트럭과 버스까지 상용화된다면 그 시기는 더욱 앞당겨질 것입니다."

송도영도 가세했다.

"백작님, 이 정도면 석유 시대가 개막되었다고 선언해도 되지 않겠습니까?"

대진은 기꺼웠다.

"무슨 물건이든 새롭게 만들어지는 것을 보는 것만큼 기쁜 일은 없습니다. 하물며 새로운 석유 시대를 열어 갈 수 있는 경유기관인데 더 말해 무엇 하겠습니까?"

송도영이 나섰다.

"우선은 구동 상태부터 확인해 보지요."

진동만이 적극 동조했다.

"그렇게 하십시오."

그가 직접 경유기관을 조작했다.

부릉! 부앙~!

경유기관은 바로 시동이 걸렸다.

"이번에 만들어 낸 시제품은 기관차용과 선박용 두 종류입니다."

진동만은 열정적으로 설명해 나갔다. 그런 그의 목소리는 그 어느 때보다 힘차고 당당했다.

이날 대진은 남포에서 머물렀다.

다음 날.

요양에서 미국 특사 조지 월슨과 푸트 미국공사가 기차를 타고 남포로 내려왔다. 대진이 역까지 나가 두 사람을 영접했다.

"어서들 오십시오."

조지 월슨이 미안해했다.

"일이 많은데 제가 귀찮게 하는 건 아닌지 모르겠습니다."

"아닙니다. 괜찮습니다."

푸트 공사가 주변을 둘러봤다. 조지 월슨도 그렇지만 푸트 공사도 남포는 첫 방문이었다.

"이 일대는 전부 공장 지대인가 봅니다."

"예, 그렇습니다."

"우리 합중국에도 오대호 주변에 공장 지대가 산재해 있지요."

"그렇지 않아도 귀국의 철강 단지가 엄청나다는 말은 들었습니다."

푸트 공사가 뿌듯한 표정을 지었다.

"하하! 맞습니다. 피츠버그에 있는 카네기 철강공장의 규모는 실로 대단하지요. 공장 경비만 수천 명에 달할 정도입니다."

조지 윌슨이 나섰다.

"이 지역의 공단도 엄청난 것 같습니다."

대진이 설명했다.

"이 남포는 자동차공업을 위해 만들어진 도시라 해도 과언이 아니지요. 그래서 거의 모든 공장이 자동차와 관련되어 있습니다."

"그렇군요."

대진이 자동차를 권했다.

"타시지요. 공장까지 모시겠습니다."

"감사합니다."

이 무렵, 미국은 급속한 경제 발전이 진행되고 있었다. 그로 인해 부자들이 속출하고 있었으며 자동차도 폭발적인 인기를 누리고 있었다.

덕분에 고가임에도 매월 수천 대의 자동차가 미국으로 수출되고 있었다. 조지 윌슨도 국무부 차관보였기에 자동차를 자주 애용하고 있었다.

이는 푸트 공사도 마찬가지였다.

대한제국의 위상이 높아지면서 주재 공사의 지위도 따라

서 올라갔다. 그런 푸트 공사에게도 미합중국은 전용차를 배정해 주었다.

두 사람을 태운 승용차는 곧바로 자동차 공장으로 들어섰다. 대진은 이들에게 자동차 공장 안을 견학시켜 주었다.

처음 공장 안을 구경하는 두 사람은 크게 놀랐다.

조지 윌슨이 감탄했다.

"오! 놀랍군요. 공장 안이 너무도 깨끗합니다."

대진이 설명했다.

"자동차는 사람의 생명을 책임지는 기계입니다. 그렇기에 무엇보다 품질 관리에 신경을 써야 하지요. 품질 관리를 잘하려면 가장 먼저 공장 내부가 깨끗해야 하고요."

"아! 그런 의미가 있는 거로군요."

"그렇습니다. 그리고 정리정돈이 잘되어 있어야 부품을 찾고 조립하기도 용이하지요."

"그렇군요."

두 사람은 자동차가 조립되는 과정을 찬찬히 살폈다. 그러다 조지 윌슨이 질문했다.

"자동차 조립을 특이하게 하네요? 노동자는 그대로 있는데 자동차가 움직이는 시스템이군요."

대진이 설명했다.

"컨베이어시스템(Conveyer System)이라고 하지요. 보시는 바와 같이 반제품이 컨베이어로 이동하면 대기하고 있는 노동자들은 자신이 맡은 부분을 조립하지요. 저렇게 하면 생산성이 현격하게 좋아지면서 생산원가가 크게 절감됩니다."

"아! 그렇습니까?"

푸트 공사가 질문했다.

"우리 합중국에도 대한자동차에서 자동차 공장을 지으려고 한다고 하던데, 맞습니까?"

대진이 고개를 저었다.

"지금 당장은 아닙니다. 우리도 아직은 사업 초기여서 생산공정이 완전히 자리를 잡지 못했습니다. 미국에 공장을 설립하는 것은 공정이 완전히 자리를 잡은 이후로 잡고 있습니다."

"그때를 언제로 생각하십니까?"

"짧으면 5년, 길면 10년 정도를 예상합니다."

푸트 공사가 놀랐다.

"그렇게나 오래 걸립니까?"

"챙겨야 할 일이 한두 가지가 아닙니다. 그리고 미국 현지에 공장을 세우려면 부품공장도 미리 선정해야 하고요."

"모든 부품을 한국에서 가져가는 것이 아닙니까?"

"그렇게 하면 비효율적이지요. 그리고 일정 부분은 미국의 공장에 발주해 주어야 미국 산업도 발전하지 않겠습니까?"

푸트 공사가 탄성을 터트렸다.

"아! 그런 생각까지 하시는 겁니까?"

"그럼요. 그래야 구매자인 미국인들의 호감도도 높일 수 있을 겁니다. 아울러 자동차의 이름도 현지에 맞게 새로 지어야 하고요."

"이름까지도 새로 짓는다고요?"

대진이 자신 있게 설명했다.

"그렇습니다. 자동차가 양산되면 석유 시대가 새롭게 시작되는 겁니다. 지금의 석탄 시대와는 전혀 다른 시대가 되는 것이지요. 자동차는 그러한 석유 시대의 기준이니만큼 준비할 부분이 많습니다."

푸트 공사가 부정적인 의견을 냈다.

"석유 시대의 기준이 자동차가 되려면 엄청나게 많이 팔려야겠네요. 그런데 자동차가 비싼데, 많이 팔리겠습니까?"

대진이 바로 해답을 내주었다.

"많이 팔릴 수 있도록 만들어야지요. 그리고 무엇보다 가격을 현격하게 낮춰야 하고요."

"맞습니다. 자동차는 편리한 물건이지만 비싼 가격이 문제입니다."

대진이 장담했다.

"우리가 미국 본토에 자동차 공장을 설립한다는 것은 자동차 가격을 획기적으로 낮출 준비가 끝났다는 말과 같습니다. 그리고 금융을 이용해 소비자들이 쉽게 살 수 있게도 만들 것이고요."

조지 윌슨이 질문했다.

"금융을 어떻게 이용한단 말입니까?"

대진은 자세한 설명을 하지 않았다. 그 대신 두루뭉술하게 설명하는 것으로 대답을 대신했다.

"자세하게는 말씀드릴 수가 없네요. 혁신적인 금융 기법을 도입한다는 것으로 대답을 대신하겠습니다."

조지 윌슨은 아쉬웠다.

그러나 남의 회사의 내부 계획을 속속들이 알려고 하는 것은 실례였다. 이는 잘못했다간 큰 문제가 될 수도 있는 일이어서 더 질문하지 못했다.

대진은 이렇듯 기밀 사항은 적당히 넘기면서 두 사람을 안내했다. 그럼에도 두 사람은 견학이 끝날 때까지 감탄을 멈추지 않았다.

견학을 마치고 대진은 두 사람을 영빈관으로 안내했다. 대한자동차의 영빈관은 공장과는 조금 떨어진 곳에 위치해 있었다.

"둘러보신 소감이 어떻습니까?"

조지 윌슨이 대답했다.

"한마디로 놀랍습니다. 자동차 공장을 둘러보니 기존에 내가 생각한 공장의 이미지하고는 전혀 다르더군요. 그리고 백작님이 하신 '자동차는 석유 시대의 기본'이라는 말이 감명 깊었습니다."

4장

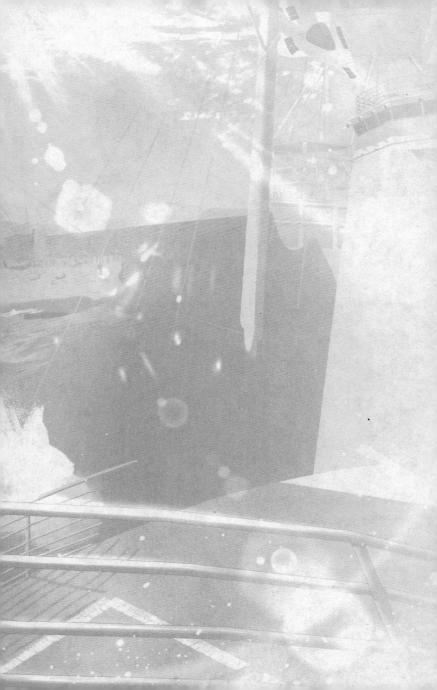

푸트 공사가 바람을 밝혔다.

"나는 대한자동차가 우리 미합중국에서 새로운 이름으로 거듭나길 고대해 봅니다."

대진이 화답했다.

"분명 그런 날이 올 것입니다. 그때가 되면 미국의 주요 도시마다 새로운 이름의 자동차 광고판이 걸리게 될 것입니다. 아울러 대부분의 미국 시민들이 우리 자동차를 타고 다닐 것이고요."

"그렇게 되었으면 좋겠습니다."

이날 대진은 두 사람을 위한 만찬을 열었다.

다음 날.

대진은 이들과 함께 한양으로 내려갔다. 그러고는 역에서 자동차로 바꿔 타고서 마포에 있는 대한제약을 방문했다.

대진이 포장 공정만 안내했다.

조지 윌슨이 부탁했다.

"백작님, 아스피린과 페니실린 제조 과정을 보고 싶은데 가능하겠습니까?"

대진이 고개를 저었다.

"미안하지만 어떤 약품이든지 제조 과정은 보여 드릴 수가 없습니다."

조지 윌슨이 아쉬워했다.

"그렇습니까? 이 회사에서 페니실린과 아스피린 등을 생산하고 있지요?"

"그렇습니다. 본국에서 만들어 내는 모든 약품은 대한제약에서 생산하고 있습니다."

"다른 약품도 효능이 대단하지만 페니실린의 약효는 정말 뛰어나더군요. 페니실린이 보급되면서 병원에서 치료되는 환자의 숫자가 폭발적으로 늘어나고 있다는 말을 들었습니다. 그래서 어떤 과정으로 생산되는지 보고 싶었습니다."

"페니실린과 같은 효과가 뛰어난 항생제가 지금까지는 거의 없었지요. 그러나 효과가 뛰어난 만큼 부작용도 커서 철저하게 의사의 지시에 따라 복용해야만 합니다."

"그렇다는 말은 들었습니다. 그런데 혹시 다른 약품도 개발하고 있는지요?"

"물론입니다. 확실히는 말씀드리기 어렵지만 십여 가지 약품을 개발하고 있습니다."

조지 윌슨이 휘파람을 불었다.

"휘! 대단하군요. 한두 가지도 아니고 십여 가지나 개발하고 있다니요."

"신약을 개발하는 과정은 상당히 지난합니다. 그래서 대부분의 연구원들은 사명 의식을 갖고 연구에 임하고 있지요. 회사는 그런 연구원들이 안심하고 연구할 수 있도록 복지나 급여 등을 최대한 맞춰 주고 있고요."

조지 윌슨이 놀랐다.

"자동차 공장도 그렇지만 귀국은 노동자들의 처우에 신경을 많이 쓰는 것 같습니다."

"본국은 신생 공업국입니다. 그런 우리는 처음부터 노동자의 처우에 신경을 쓰고 있습니다. 그렇게 해야 경제 발전이 빨라진다는 것을 잘 알고 있기 때문이지요."

"노동자가 잘살면 나라 발천이 빨라진다는 말씀입니까?"

"당연하지요. 지주와 자본가만이 잘살게 되면 나라는 역동적이지 못하게 됩니다. 그래서 우리는 노동자와 자본가가 공생할 수 있도록 처음부터 법으로 규정하고 있지요."

"노동조합도 인정한다는 말씀이군요."

"당연하지요. 우리들은 노동조합 결성도 권장할뿐더러 정상적인 노조 활동도 지원해 주고 있지요."

조지 윌슨이 놀라워했다.

"놀라운 일입니다. 우리 미합중국의 자본가들은 노동조합 결성을 극렬하게 말리고 있습니다. 심지어 무기를 소지한 민병대까지 조직해서 막고 있을 정도이지요. 그런데 귀국은 오히려 노동조합 결성을 권장까지 하다니요."

대진이 웃으며 설명했다.

"우리는 다릅니다. 본국은 처음부터 공생하는 방안으로 일을 추진하고 있지요. 미합중국의 자본가가 노동조합을 경원시하는 데에는 그만한 이유가 있을 것입니다. 경제구조가 나라마다 조금씩의 차이가 있듯이 노사 관계도 그렇지 않겠습니까?"

"그 말씀은 맞습니다."

이 시대 미국은 노동운동을 거의 백안시하고 있었다. 특히 미국의 자본가들은 노동자의 인권을 강제로 억압해 가면서 부를 축적하고 있었다.

이러한 경향은 독점하는 사업가일수록 두드러졌다. 록펠러는 무자비하게 노동운동을 진압했으며 카네기는 무려 8,000여 명의 사병을 조직해 공장을 경비할 정도였다.

반면 대한제국은 달랐다.

대한제국은 마군이 발전을 주도하고 있었다. 그러기 때문에 미국과 달리 노동운동에 대해 유연한 시각을 갖고 있었다. 그리고 대한제국에서는 노동운동에 대한 개념조차 없을 시기였다.

대진은 이들과 함께 요양으로 올라왔다.

그리고 며칠 후.

그동안 내부 논의를 하고 있던 화학 회사에서 합작에 동의해 왔다. 대진은 조지 윌슨과 푸트 공사를 대동하고 대한화학을 찾아갔다.

조지 윌슨이 듀폰을 대리해 합작 결정문에 날인했다.

합작 방식은 미국에서 자본을 대고 대한화학이 기술을 제공하는 형태이며 지분은 5 : 5로 결정했다.

쿠릴열도 개방도 결정되었다.

대진의 요청을 받은 수군은 군항을 개방하기로 결정했다. 이에 대한 부분은 대진이 대한제국을 대표해 조지 윌슨과 문서에 조인했다.

조지 윌슨이 손을 내밀었다.

"우리의 청원을 들어주셔서 감사합니다."

대진이 손을 맞잡았다.

"귀국에 도움이 되었으면 좋겠습니다."

"당연히 큰 도움이 될 것입니다. 그동안 포경선들이 보급받으려면 하와이까지 돌아와야 했습니다. 이제 귀국의 군항이 개방되어 그런 수고를 하지 않게 되었으니 얼마나 편하겠습니까."

대진이 웃으며 대답했다.

"그렇기는 하네요. 그리고 화학공장이 귀국에 설립되면 윤활유도 만들어 낼 수 있을 것입니다. 그렇게 되면 포경업이 지금과는 전혀 다른 양상이 될 것입니다."

조지 윌슨이 깜짝 놀랐다.

"화학공장에서 윤활유도 만들어 낸다고요?"

"그렇습니다. 본국의 기술진이 벌써부터 개발을 완료해 두었지요. 그래서 공장이 들어섬과 동시에 다양한 종류의 윤활유를 만들어 낼 것입니다."

조지 윌슨이 탄성을 터트렸다.

"아! 벌써 그런 준비까지 마쳤군요. 화학공장에서 윤활유를 만들게 되면 구태여 목숨을 걸고 고래를 잡지 않아도 되겠네요."

"고래기름의 효능이 더 좋기는 합니다. 그러나 화학공장에서 대량으로 만들어 내면 가격 경쟁력을 도저히 이겨 낼 수 없을 것입니다."

조지 윌슨이 격하게 동조했다.

"당연히 그렇지요. 이거 공연히 귀국에 항구 개방을 요청한 것 같습니다."

"아닙니다. 언젠가 귀국과 상호방위조약을 체결하면 그때 귀국 군함이 사용해도 되지 않겠습니까?"

위대한
항해

"그건 그렇습니다."

조지 윌슨은 그 뒤로도 며칠을 더 요양에서 머물렀다.

대진은 그런 조지 윌슨을 끝까지 돌봐 주었으며 부산까지 내려가 배웅해 주었다. 조지 윌슨은 그런 대진의 배려에 진심으로 고마워하면서 다음을 기약하며 돌아갔다.

요양으로 돌아온 대진은 대한무역으로 갔다.

송도영이 웃으며 대진을 반갑게 맞았다.

"며칠간 고생 많으셨습니다."

"그러게. 사람 접대하는 일이 쉽지가 않네."

"구태여 그렇게까지 정성을 들일 필요가 있습니까?"

"조지 윌슨은 국무부 차관보로, 처음으로 우리나라에 온 미국 공직자잖아. 그래서 우리나라에 대해 좋은 인상을 심어 주고 싶었어. 이번에 받은 접대를 생각하면 돌아가서 우리에 대해 나쁜 말을 하지는 않을 거야."

"그렇기는 하지요."

"그리고 우리의 국익을 위해서라도 미국과 가까워지는 것이 좋아. 그 일환으로 항구도 개방해 주고 화학공장도 합작하려는 것이고."

송도영도 이 점은 인정했다.

"하긴, 나중을 위해서라도 가까워지는 것은 좋지요. 미국으로선 진주만을 빼앗긴 것이 뼈아플 터이니 그런 심리를 다

독이는 의미도 있고요."

"맞아."

두 사람은 이번 일에 대한 결과에 대해 한동안 대화를 나눴다.

진주만을 품으면서 대한제국은 태평양을 아우를 수 있는 입지를 확보했다. 더불어 하와이까지 직간접 영향권에 넣는 효과를 얻게 되었다.

해양영토를 확보하려는 대한제국으로서는 최상의 결과라 할 수 있었다.

이런 결과를 갖고 대화를 나누다 보니 목소리가 자연적으로 높아졌다. 대화하던 송도영이 다음 계획에 대해 질문했다.

"다음 계획은 어떻게 진행하실 겁니까?"

대진이 계획을 밝혔다.

"태평양 지역은 당분간 그대로 두려고 해. 그 대신 내년부터는 본격적으로 중동으로의 진출을 모색해 볼 계획이야. 그 일환으로 이스탄불을 방문해 오스만의 술탄을 만나 볼 생각이야."

송도영이 눈을 크게 떴다.

"드디어 중동 공략을 시작하시려는 거군요."

"그래, 더 이상 늦췄다가는 우리가 목표하는 아라비아 동부를 영국이 장악하게 되잖아. 그러기 전에 움직여야지."

"맞습니다. 어떻게 보면 지금이 중동 진출의 최적기일 수가 있습니다. 그런데 이번에도 혼자 가실 것입니까?"

대진이 고개를 저었다.

"아니야. 이번만큼은 군사적인 부분도 적극 고려해야 해서 군에서 함께 움직일 2~3명을 선발하려고 해."

"좋은 생각이십니다. 기왕이면 저도 참여했으면 좋겠습니다."

대진도 송도영이 참여하는 것이 좋았다. 그러나 이제는 덩치가 커진 대한무역을 비울 수는 없었다.

"나도 송 전무가 함께하면 좋지. 하지만 회사를 비울 수가 없잖아."

송도영이 아쉬워했다.

"이런 것을 보면 처음이 좋았습니다. 그때는 백작님과 늘 상해를 오갔는데 말입니다."

"나도 가끔은 그때가 그립기는 해. 그때는 모든 것이 생경해서 사람을 만나는 것조차도 껄끄러웠잖아. 더구나 조선의 위상도 최악이어서 운신의 폭도 좁았지."

"그러게 말입니다. 청국 때문에 조선인이란 사실도 숨기고 일본인 행세를 했으니까요."

두 사람은 잠시 처음 조선에 왔을 때를 회상하며 감회에 젖었다. 이런 두 사람의 얼굴에는 시종일관 미소가 떠나지 않았다.

대한제국은 발 빠르게 움직였다.

진주만을 획득하자마자 폭파 작업을 시작했다. 그와 동시에 일본인 포로들을 대거 동원해 주둔지 정비 작업도 실시했다.

이런 노력 덕분에 두 달여 만에 진주만으로 배를 들여보낼 수 있게 되었다. 진주만 소통이 원활해지자 곧바로 재편한 태평양함대를 파견했다.

더불어 항만 공사에 필요한 장비와 물자를 대거 하와이로 보내졌다. 하와이로 넘어간 일본인 포로들은 하나같이 토목 공사에 숙달되어 있었다.

본격적인 공사가 시작되었다.

진주만의 주둔지를 전부 건설하려면 몇 년의 시간이 필요하다. 그에 비해 기초적인 항만은 쉽게 건설할 수 있어서 해가 바뀌면서 태평양함대는 본격적인 활동을 전개해 나갔다.

그런데 이런 대한제국의 팽창을 불안한 시선으로 바라보는 나라가 있었다.

그 나라는 바로 영국이었다.

영국은 대한제국이 대국으로 성장하는 데 큰 도움을 주어 왔다. 그래서 대한제국도 영국에 대해서만큼은 남다른 배려를 해 줬다.

덕분에 양국은 개항 이래 지금까지 어느 나라보다 좋은 관계를 유지하고 있었다. 그런데 그런 관계에 조금씩 균열이 생겨나고 있었다.

균열의 시작은 한국과 러시아 간의 영토 교환 협정이었다.

영국은 그동안 러시아의 남진과 팽창을 극도로 경계해 왔다. 그래서 중앙아시아를 비롯한 각지에서 러시아의 확장을 막아 왔다. 그런 영국에 있어 북해도와 연해주의 교환은 큰 충격이었다.

러시아가 그토록 염원하던 부동항을 얻게 된 것이다. 그것도 대한제국과의 영토 교환 협정 때문에 생긴 결과였다.

영국은 크게 반발했다.

그러나 영국의 반발은 별다른 도움이 되지 않았다. 영토 교환은 대한제국과 러시아의 이해관계가 맞아떨어진 결과였기 때문이다.

영국은 이에 대해 큰 불만을 품게 되었다. 그렇다고 대한제국이 영국의 불만을 잠재울 수 있는 방안이 없었다.

그런데 그 뒤로 문제가 또 생겼다.

영국은 남태평양 일대에 거대한 세력을 구축해 놓고 있었다. 그런데 대한제국이 진주만을 얻으면서 태평양 방면으로 세력을 확장할 수 있게 된 것이었다.

이 때문에 갖게 되는 위기감도 상당했다. 이렇듯 영국이 대한제국에 대해 불만과 위기감을 갖게 되면서 이전과는 다른 행보를 보이기 시작했다.

주한 영국공사 해리 파크스가 참사인 존 해리스와 차를 마시고 있었다. 존 해리스는 일본에서 주재하고 있다가 이번에 요양으로 전근해 왔다.

"존, 일본의 사정은 어떤가?"

존 해리스가 대답했다.

"이제 겨우 한숨 돌린 형국입니다."

"전쟁이 끝난 지가 언제인데 그래?"

"전쟁 당시 한국이 일본 해안가의 주요 도시들을 철저하게 파괴했지 않습니까? 거기다 일본이 구축해 놓은 공업 기반 시설도 모조리 뜯어 왔고요. 더구나 수많은 인명피해까지 입은 일본입니다. 그런 총체적인 패전의 후유증을 치료하는 데 10년은 결코 긴 시간이 아닙니다."

해리 파크스가 고개를 저었다.

"그래도 너무 늦어. 한국을 봐. 아무리 승전국이라 해도 발전 속도가 폭발적이야. 이대로라면 금세기가 지나기도 전에 웬만한 유럽 제국들은 다 따라잡겠어."

"여기 와서 보니 한국의 발전 속도가 놀랍기는 하더군요. 그러나 우리 대영제국을 추월하지는 못할 겁니다."

해리 파크스의 목소리가 커졌다.

"당연하지. 아무리 한국이 빠르게 발전한다고 해도 우리 대영제국을 추월하지는 못해."

"하지만 걱정이 되는 부분도 있습니다."

"뭐가 말인가?"

"한국은 요즈음 자동차도 그렇고 각종 화학제품도 쏟아져 나오고 있지 않습니까? 반면에 우리 대영제국은 자동차조차 만들지 못하고 있고요."

그 말에 해리 파크스가 불편해했다.

"끄응! 그거야 몇 년 앞선 것뿐이야. 자동차는 우리 대영 제국에서도 전력을 다해 만들고 있어서 곧 따라잡을 수 있을 거야."

"그래도 걱정입니다. 들리는 소문에 의하면 대한자동차는 경유기관까지 개발했다고 합니다."

해리 파크스가 깜짝 놀랐다.

"뭐야? 그 말이 사실이야?"

"예, 그래서 대한자동차에서는 경유기관으로 만든 기관차의 시제품을 생산하기 위해 전력을 기울이고 있다고 합니다. 그렇게 만들어지는 경유기관차는 지금의 증기기관차보다 속도가 배는 빠르다고 하고요."

해리 파크스의 눈이 커졌다.

"기관차의 속도가 100킬로미터가 넘게 난다는 거야?"

"그렇게 들었습니다."

"놀라운 일이구나. 만일 그 기관차가 상용화된다면 증기 기관차는 역사 속에 묻혀 버리겠어."

"그래서 요즘 석유 시대라는 화두가 대두되었다고 합니다."

해리 파크스는 처음 듣는 말이었다.

"석유 시대?"

"예, 자동차가 상용화되었지 않습니까? 그런 상황에서 다시 경유기관차가 상용화된다면 이동수단의 원료가 석유가 될 것이고요. 그렇게 되면 증기기관으로 대변되는 석탄 시대가 급격히 저문다고 해서 석유 시대라는 말을 쓴다고 합니다."

해리 파크스가 고개를 저었다.

"아무리 그래도 석탄이 쉽게 없어지지는 않아. 우선은 가격 경쟁력에서 석유는 석탄을 대신하지 못해. 비근한 예로 대부분의 선박은 석탄을 원료로 한 증기기관을 사용하고 있잖아."

그렇게 말하던 해리 파크스는 순간 아차 싶은 심정이 들었다.

'그래, 맞아. 증기기관차를 만들 정도면 선박에 들어가는 엔진도 만들 수 있을 거잖아. 만일 그게 현실이 된다면 석유 시대가 본격화되겠구나.'

존 해리스도 같은 생각이었다.

그러나 직속상관인 해리 파크스의 말을 구태여 반박할 생각은 없었다. 그보다는 다른 문제가 더 마음에 거슬렸다.

"공사님, 한국을 견제해야 하는 거 아닙니까? 한국이 우리 대영제국과 가깝다고 해도 발전 속도가 너무 빠릅니다. 그리고 진주만을 할양받으면서 태평양에서의 활동이 급격히 늘어나게 되지 않겠습니까? 그렇게 되면 본국이 추진하고 있는 태평양군도의 국유화에도 문제가 생길 수가 있습니다."

해리 파크스가 고개를 끄덕였다. 그도 대한제국이 너무도 빠르게 성장하는 것이 우려스러웠다.

"으음! 나도 그게 걱정이야. 지난 10여 년간 한국은 너무도 빠르게 성장하고 있어서 부담스러운 것이 사실이야. 하지만 그렇다고 한국의 성장을 저지할 방안이 당장은 없잖아."

"음! 한국을 저지하지 못한다면 대항마라도 키워야 하지 않겠습니까?"

해리 파크스가 고개를 저었다.

"쉽지 않은 일이야. 한국을 맞상대하게 하려면 청나라를 도와야 하는데, 청나라는 이제 안 돼."

"일본도 있지 않습니까?"

"일본?"

"공사님께서도 잘 아시다시피 일본의 저력은 상당합니다. 그런 일본을 적절히 지원해 준다면 한국의 좋은 대항마가 될 것입니다."

해리 파크스는 누구보다 일본에 대해 잘 알고 있었다. 그랬기에 지금의 일본에 대해 상당히 부정적이었다.

"일본에 저력이 있는 것은 맞아. 하지만 분단국가잖아. 더구나 이제 위로는 러시아까지 상대해야 하는 입장이야. 그런 일본이 커져 봐야 얼마나 커지겠어? 더구나 극동에서는 이제 한국의 눈치를 보지 않을 수가 없어."

"여러 문제점이 있는 것은 사실입니다. 그러나 덩치만 큰 청나라보다는 하나에 집중할 수 있는 일본이 그래도 낫지 않겠습니까?"

존 해리스의 건의는 계속되었다.

처음에는 부정적이던 해리 파크스도 차츰 생각을 달리하게 되었다. 이렇게 된 데에는 해리 파크스가 갖고 있는 생각이 많은 작용을 했다.

그는 오랫동안 일본에서 근무하면서 일본에 대해 좋은 감정을 갖고 있었다.

더구나 자신의 조언이 일본의 근대화에 큰 도움이 된 경험도 있었다. 그랬기에 존 해리스의 건의가 계속되면서 크게 흔들렸다.

그러나 걸림돌이 있었다.

"나는 이전에 한국과 수교할 때 당시 특보였던 이대진에게 일본을 지원하지 않겠다고 약속을 했었다. 그런 내가 일본을 도와주는 것은 약속을 어기는 일이 돼."

존 해리스가 강력하게 나갔다.

"국익을 위해서라면 국가 간의 약속도 파기되는 일이 많습니다. 그리고 당시보다 지금의 상황이 더 중요하다는 것은 공사님께서 누구보다 잘 아시지 않습니까?"

"흐음!"

고심하던 그가 결정했다.

"좋아! 그렇게 하자. 우선은 본국에 보고해서 일본 지원을 은밀히 추진해 보자."

"잘 생각하셨습니다."

해리 파크스는 즉석에서 보고서를 작성했다. 그렇게 작성한 보고서를 전문으로 본국에 전송했다.

보고서는 곧바로 채택되었다. 해리 파크스는 존 해리스에게 밀명을 내리고 일본으로 파견했다.

이 무렵 부산과 시모노세키에는 연락선이 정기적으로 왕래하고 있었다. 부산으로 내려간 존 해리스는 이 연락선을 타고 일본으로 건너갔다.

일본은 아직 철도가 제대로 부설되지 않았다. 있다고 해야 구간 구간이 나뉘어 있는 상황이었다.

일본이 개방되었다고 해도 외국인이 혼자서 내륙으로 여행하기는 쉽지가 않다. 그래서 시모노세키에서 요코하마의 영국공사관에 전보를 보냈다.

그러고는 어쩔 수 없이 배를 타고 오사카로 올라왔다.

오사카에서 동경까지는 오가도(五街道) 중 동해도(東海道)가 연결되어 있었다.

그는 오사카 상인에게 말과 길잡이로 쓸 하인을 임대했다. 그러고는 며칠 동안 이동해 요코하마 영국공사관에 도착했다.

시모노세키에서 요코하마까지 10여 일이나 걸린 여정이었다. 요코하마의 공사관에 도착한 존 해리스는 다시 동경으로 사람을 보내 일본 총리에게 면담을 요청했다.

그리고 며칠 후.

드디어 총리대신을 만날 수 있었다.

일본은 지난해 연말 정식으로 내각제를 출범시켰다. 그렇게 출범한 내각의 초대 총리대신으로 이토 히로부미가 취임해 있었다.

"어서 오십시오, 존 해리스 참사관."

"반갑습니다, 총리대신 각하."

존 해리스는 오랫동안 일본에서 근무했었다. 그래서 두 사람은 상당한 인연을 갖고 있었다.

"한국에서의 근무는 적응이 되었습니까?"

존 해리스가 고개를 저었다.

"아직 일본에서처럼 편하지가 않습니다. 솔직히 밤이 되어도 재미가 별로 없고요."

이토 히로부미는 호색한이었다.

그래서 수시로 여인을 갈아 치웠으며 게이샤도 몇 명이나 애인을 둘 정도였다. 존 해리스도 그런 이토 히로부미를 따라 자주 색주가를 돌아다녔다.

이토 히로부미가 호탕하게 웃었다.

"하하하! 한국은 우리 동경처럼 제대로 된 여흥거리가 없나 봅니다."

존 해리스가 아쉬워했다.

"있기는 합니다. 그러나 일본처럼 정식 유곽(遊廓)이 없습니다. 일본은 전쟁 중에도 유곽이 운용되었는데 말입니다."

"호오! 그러면 어디서 술을 마십니까?"

"기방(妓房)이라고 게이샤와 비슷한 기녀들이 나오는 술집이 있기는 합니다. 하지만 일본의 유곽처럼 재미가 있지는 않습니다."

"허! 그럼 오늘 온 김에 유곽에 놀러 가 볼까요?"

존 해리스가 입맛을 다셨다.

"어디 찍어 둔 게이샤가 있으신가 봅니다."

이토 히로부미가 크게 웃었다.

"하하하! 참사관도 알다시피 내가 어딜 가든 여인이야 많지요."

"그건 그렇습니다."

웃는 낯으로 대화하던 이토 히로부미가 정색했다.

"그런데 오늘은 어쩐 일이십니까? 한국에서 여기까지 오려면 그 자체로 상당한 시간이 필요할 터인데요."

존 해리스도 정색을 했다.

"귀국에 제안할 것이 있어서 왔습니다."

"말씀해 보십시오. 경청하겠습니다."

"본국은 귀국이 원한다면 지금보다 군사 지원을 더 해 줄 용의가 있습니다."

이토 히로부미의 눈이 커졌다.

"그게 정말입니까?"

"그렇습니다. 단, 그냥은 어렵고 차관 형식으로 지원해 줄

수가 있습니다."

"차관이라면 배도 차관으로 도입할 수 있단 말씀입니까?"

"그렇습니다. 너무 큰 선박은 곤란해도 지난번처럼 3,000톤급 정도는 가능합니다."

지난번이라는 말에 이토 히로부미의 안면이 일그러졌다.

그런 그의 머릿속에 대한제국과의 전쟁에서 패해 영국에 발주한 선박을 고스란히 넘겨주어야 했던 아픈 기억이 떠올랐다.

존 해리스도 이 사실을 모르지 않았다. 그래서 슬쩍 그때의 경우를 예로 들며 혜택을 나열했다.

"이번에는 어떠한 경우에도 지난번처럼 다른 나라로 배를 인도해 주지 않을 겁니다. 그에 대한 약속은 공식 문서화해 줄 수가 있고요."

이토 히로부미의 안색이 환해졌다.

"그렇습니까?"

이어서 존 해리스는 몇 가지 지원책을 더 설명했다. 생각지도 않은 지원 공세에 처음에는 좋아하던 이토 히로부미가 이내 정색했다.

"좋은 말씀 감사합니다. 그런데 이런 제안을 하시는 까닭이 무엇인지 알고 싶군요."

존 해리스가 숨기지 않았다.

"우리 대영제국은 한국을 경계하려고 합니다. 각하께서도 보고를 받으셨겠지만 요즘의 한국은 급격하게 발전하고 있지요. 동아시아에서 한국이 너무 강성해지는 것은 우리 대영제국의 국익에 결코 유리하지 않습니다. 그래서 그런 한국을 경계하기 위해 귀국을 지원해 주려는 겁니다."

"지원은 한국 모르게 진행되겠군요."

"당연히 그래야지요. 물론 한국이 안다고 해서 달라질 것은 없습니다. 그러나 기왕이면 모르게 진행하는 것이 좋겠지요."

"알겠습니다. 이런 문제는 저 혼자 결정하기 어려우니 내일 내각회의를 소집해서 논의해 보겠습니다."

"그렇게 하십시오."

대화가 어느 정도 일단락되자, 이토 히로부미가 넌지시 물었다.

"아! 여기까지 오셨으니 오늘은 모처럼 저와 함께 회포를 풀어 보도록 하시지요."

존 해리스가 침을 삼켰다.

"저야 불러 주시면 고맙지요."

이토 히로부미가 일어섰다.

"그러면 말이 나온 김에 바로 움직이도록 합시다."

그 말에 존 해리스는 어리둥절해졌다.

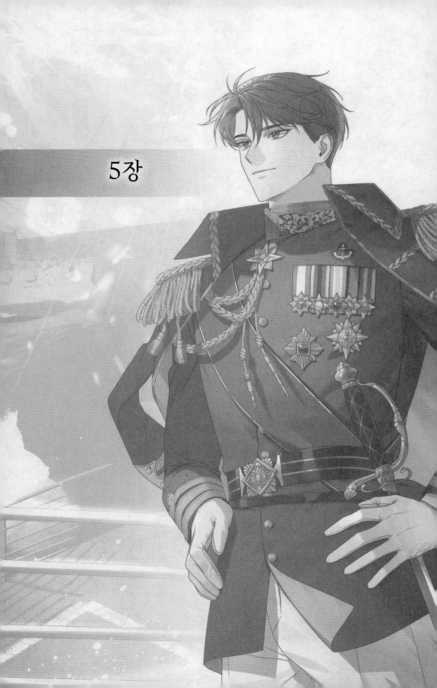

5장

존 해리스는 급히 창밖을 내다봤다. 그렇게 바라보는 창문 밖은 아직 날이 훤했다.

존 해리스가 우려했다.

"날도 아직 저물지 않았는데 벌써 움직인다는 말씀입니까?"

이토 히로부미가 웃었다.

"하하하! 괜찮습니다. 미리 기별을 해 놓고 출발하면 문제가 없을 겁니다."

"알겠습니다."

이토 히로부미는 즉시 비서를 불렀다.

"내가 잘 가는 곳으로 연락해 주게. 지금 중요한 손님을 모시고 간다고 말이야."

"알겠습니다, 각하."

두 사람이 천천히 총리 집무실을 나왔다. 그러고는 1층 현관으로 나가자 자동차가 대기하고 있었다.

"타시지요."

"예, 각하."

두 사람이 탑승하는 것과 동시에 차가 출발했다. 조수석에 탄 비서가 행선지를 말하니 이토 히로부미가 지시했다.

"아직 시간이 넉넉하다. 그러니 천천히 가도록 하라."

"예, 알겠습니다."

존 해리스가 차 안을 둘러봤다.

"차 안이 상당히 화려합니다."

"대한자동차에 특별 주문을 했습니다. 저는 그냥 두라 했지만 나라의 위신을 세워야 한다며 천황 폐하의 어차와 제가 타는 총리 전용차는 내부를 특급으로 단장해서 들여왔지요."

"그렇군요. 그래서 그런지 내부가 우리 공사님의 승용차와는 완전히 다릅니다."

이토 히로부미가 부러워했다.

"한국이라면 이가 갈리지만 이 차를 보면 부럽기 짝이 없습니다. 언제 우리 일본이 이런 차를 만들지 생각하면 가슴이 답답해집니다."

존 해리스도 공감했다.

"상황은 우리 영국도 마찬가지입니다. 다른 기술은 전부 다

앞서가는데 자동차와 몇 가지만은 유독 한국에 뒤처지네요."

"그래도 귀국은 공업 기반이 뛰어나서 곧 좋은 차를 만들어 낼 것입니다."

"저도 그렇게 생각은 하고 있습니다."

두 사람은 자동차로 대화를 나눴다.

그런 두 사람은 대한자동차의 장점에 대해 연신 입에 올렸다. 그런 대화는 목적지에 도착하면서 끝이 났다.

이토 히로부미의 장담답게 정문에는 이미 몇 명의 게이샤들이 대기하고 있었다. 그녀들은 이토 히로부미가 차에서 내리는 것을 보자마자 허리를 접었다.

"총리대신 각하를 뵙사옵니다."

"허허! 모두들 잘 있었느냐?"

"예, 각하."

"들어가시지요."

"알겠습니다."

이날 두 사람은 코가 삐뚤어지도록 술을 마셨다.

다음 날.

이토 히로부미가 내각회의를 소집했다. 여기서 이토 히로부미는 존 해리스의 제안을 설명했다.

야마가타 내무대신이 적극적으로 나왔다.

"무조건 받아들여야 합니다. 다른 나라도 아니고 한국을 경계해서 지원하는 차관 아닙니까?"

이노우에 외무대신은 부정적이었다.

"저는 좀 더 신중해야 한다고 생각합니다. 무상이 아닌 차관 형식의 지원입니다. 그런 지원을 그대로 받아들이다 보면 훗날 재정에 문제가 생길 수가 있습니다. 더구나 우리의 일거수일투족을 감시하고 있는 한국의 시선을 어떻게 피할 수 있겠습니까?"

쾅!

야마가타가 탁자를 손바닥으로 쳤다.

"말도 안 되는 소리입니다. 우리가 한국의 속국도 아닌데 왜 눈치를 본단 말입니까? 우리는 한국과의 전쟁에서 단 한 번 패했을 뿐입니다. 그 이전까지는 단 한 번도 패한 적이 없었고요. 그러니 너무 위축될 필요가 없습니다."

이토 히로부미가 해군대신을 바라봤다.

"해군의 생각은 어떻습니까?"

해군대신은 사이고 주도[西鄕從道]다.

사이고 주도는 규슈공화국을 창건한 사이고 다카모리의 친동생이다. 그런 그가 해군대신이 될 수 있었던 것은 철저하게 형과는 반대의 길을 걸었기 때문이다. 그래서 사이고 다카모리의 낙향 이후 정부 내의 사쓰마번벌 중진으로 활약하고 있었다.

"저는 적극 받아들여야 한다고 생각합니다. 지금의 우리에게 가장 큰 과제는 규슈 통일입니다. 그러기 위해서는 규슈를 뒤덮을 정도로 많은 배가 필요하고요. 그러나 아쉽게도 우리에게는 대규모 병력을 동원할 만한 선박이 없습니다."

야마가타가 적극 동조했다.

"옳은 말씀입니다. 통일을 위해서라도 영국의 지원은 반드시 받아야 합니다."

이토 히로부미가 지목했다.

"육군의 생각은 어떻습니까?"

육군대신 오오야마 이와오[大山 巖]가 대답했다.

"좀 더 신중해야 한다고 생각합니다. 해군의 전력 증강은 좋은 일입니다. 그러나 적을 무찌르는 것은 결국 우리 육군의 몫인데 영국은 우리에 대한 지원을 말하지 않고 있는 것이 문제입니다."

이 말에 육군 출신의 야마가타 아리토모도 반발하지 못했다. 그런 모습을 본 이토 히로부미가 아쉬운 표정을 지었다.

그러다 고개를 돌렸다. 그런 그의 시선이 머무는 곳에는 머리가 살짝 벗겨진 사람이 앉아 있었다.

"대장대신의 생각은 어떻습니까?"

초대 대장대신은 마쓰카타 마사요시[松方正義]다.

그는 오랫동안 대장경에 재임하면서 유신정부의 통화 정책을 관장해 왔다.

마쓰카타가 대답했다.

"외무대신의 말씀대로 재정이 어려워지는 것은 맞습니다. 나라의 살림을 맡고 있는 대장대신으로서 더 이상의 채무를 지고 싶지도 않고요. 그러나 통일을 해야 하는 우리로서는 영국의 지원은 절호의 호기라 하지 않을 수 없습니다."

이노우에 외무대신이 반발했다.

"해마다 한국에 갚아야 하는 배상금을 마련하는 일도 쉽지 않습니다. 그런데 다시 빚을 내서 군사력을 확충하는 것은 무리입니다. 재고해 주십시오."

이토 히로부미는 곤혹스러웠다.

그는 자신의 제안을 모두가 찬성할 줄 알았다. 그러나 의견이 갈리자 고심하지 않을 수 없었다.

한동안 고심하던 이토 히로부미가 결정했다.

"좋습니다. 존 해리스 참사관과 다시 협의해서 채무상환에 관한 문제를 논의해 보지요."

대장대신이 적극 동조했다.

"그게 좋겠습니다. 그리고 기왕이면 육군의 지원책도 논의해 보셨으면 좋겠습니다."

"알겠습니다."

이날 오후.

이토 히로부미가 존 해리스를 만났다. 전날 과음했던 존 해리스는 오후가 되었음에도 얼굴이 벌겋게 달아올라 있었다.

"어떻게, 해장은 하셨습니까?"

존 해리스가 마른세수를 했다.

"늦게 일어나다 보니 제대로 식사를 못 했네요."

"이런, 그러면 요기부터 하셔야겠네요."

존 해리스가 손을 내저었다.

"아닙니다. 괜찮습니다. 그보다 회의는 잘 끝내셨습니까?"

"그게, 조금 문제가 생겼습니다."

이토 히로부미가 회의에서 발생된 문제를 설명했다. 그 말을 들은 존 해리스가 고개를 끄덕였다.

"역시 채무가 부담이 되는군요."

"이해해 주십시오. 본국의 사정이 아직은 여의치가 않습니다."

"아닙니다. 귀국의 사정을 누구보다 제가 더 잘 아는데 그런 말씀 하지 않으셔도 됩니다."

"어떻게, 묘안이 없겠습니까?"

"우선은 공사관으로 돌아가서 본국과 상의해 봐야겠습니다."

이토 히로부미가 당부했다.

"부디 좋은 결과가 있었으면 좋겠습니다."

"최선을 다해 보겠습니다."

존 해리스는 이날 바로 요코하마의 영국공사관으로 돌아왔다. 그런 그는 일본 주재 공사에게 상황을 보고하고는 본국에 전문을 날렸다.

그리고 사흘 후.

존 해리스가 이토 히로부미를 다시 만났다. 그러고는 본국에서 허가받은 사안을 알려 주었다.

"5년 거치 10년 분할상환입니다. 그것도 부족해 이자율도 최하로 잡아 주었네요. 그리고 육군에 대해서는 이러한 지원을 해 주겠다고 합니다."

존 해리스가 서류를 내밀었다. 그것을 받아 읽은 이토 히로부미가 반색했다.

"오오! 이런 혜택을 준다는 말씀입니까?"

"예, 이 정도면 총리대신 각하의 무거운 어깨를 가볍게 해 드릴 수 있을 것입니다."

"물론입니다. 이 정도의 배려라면 내각회의에서 책임지고 통과시키도록 하겠습니다."

그의 장담대로 새로 제시된 방안은 내각회의에서 만장일치로 통과되었다. 그다음 날 존 해리스와 이토 히로부미가 협약서에 서명 날인했다.

그렇게 임무를 완수한 존 해리스는 오던 때와 마찬가지 경로를 이용해 요양으로 돌아왔다.

영국과 일본의 협약 사실은 존 해리스가 요양에 도착하기도 전에 대진에게 알려졌다.

10년 전 일본과의 전쟁을 치를 무렵, 대진은 일본 각계에 세포를 심어 놓았다. 그런 세포들이 10년이 지난 지금은 일본의 중추로 자리 잡고 있었다.

이는 일본 정부에도 마찬가지였다.

대진이 당시 심어 놓은 첩자들이 대부분 과장 이상의 간부가 되어 있었다. 그래서 영국과 일본이 은밀해 체결한 협약이 내용까지 보고되었다.

대진이 황제를 알현했다.

"……일본에서 이러한 일이 있었습니다."

황제가 씁쓸해했다.

"국제 관계에서는 적도 아군도 없다는 말이 딱 맞는군요. 우리에게 그토록 잘해 주던 영국이 뒤에서 이런 공작을 벌이고 있다니요."

"국제사회에서 국익을 위해서라면 어제의 원수도 오늘의 동지가 됩니다. 영국도 지금까지는 우리에게 입속의 혀같이 잘해 주었지만 결국 국익을 좇은 거라고 봐야겠지요."

"영국이 왜 이런 결정을 했을까요?"

대진이 예상했다.

"아마도 우리의 경제 발전이 너무 빠르게 진행되는 것에 불안감을 느낀 것 같습니다. 그리고 영국이 가장 꺼리는 러시아와 영토 교환 협상을 한 사실이 아쉬웠을 것이고요."

황제가 고개를 끄덕였다.

"이 백작의 말이 맞는 것 같네요. 우리는 우리의 국익을 위해 러시아와 영토 교환 협정을 체결했지요. 그렇지만 러시아의 팽창을 경계하고 있는 영국으로선 부동항을 얻게 해 준 것이 섭섭했고요."

"그렇습니다."

"어쨌든 좋지 않은 보고네요."

대진이 고개를 저었다.

"꼭 그렇지도 않습니다. 영국의 은밀하게 일본을 지원해 주었다는 사실 자체가 우리를 그만큼 인식하고 있다는 반증입니다. 그러지 않았다면 대놓고 지원했겠지요. 그리고 그러한 영국의 결정은 앞으로 진행될 우리의 중동 계획에 오히려 도움이 됩니다."

국왕이 고개를 갸웃했다.

"어떻게 해서 도움이 된다는 말씀이지요?"

"중동, 특히 페르시아만 일대는 영국의 독무대입니다. 그런 지역에 거점을 확보하려면 영국의 눈치를 보지 않을 수 없습니다. 그런 상황에서 이번 일은 우리가 추진하려는 중동 행보에 상당한 도움이 될 것입니다."

황제가 바로 이해했다.

"아! 이번 일을 중동 진출의 핑계거리로 만들겠다는 말씀이군요."

"그렇습니다."

"하지만 이전에 영국과의 협상에서 우리의 중동 진출을 인정해 주지 않았나요?"

"그때와 지금은 상황이 많이 다릅니다. 당시 우리는 영국이 봤을 때 동아시아에서 적당히 강한 나라로 인식하는 정도였습니다. 그러나 이제는 영국 스스로가 우려할 만한 나라가 되었지 않습니까?"

황제가 크게 고개를 끄덕였다.

"우리의 위상이 그만큼 달라졌다는 거로군요."

"예, 폐하. 지금의 영국으로선 우리의 중동 진출이 불편할 것입니다. 그런 영국을 이해시키는 데 이번 일을 잘 활용해 보려고 합니다."

"무슨 말씀인지 알겠습니다. 그런데 중동 출장은 언제 어디로 가려는 겁니까?"

"6월이 가기 전에 오스만의 수도인 이스탄불을 방문하려고 합니다."

황제가 바람을 숨기지 않았다.

"부디 이번에도 좋은 성과를 얻어 오기를 바랍니다."

"예, 반드시 좋은 결과를 얻어서 폐하께 바치도록 하겠습니다."

"기대하겠습니다."

대진은 인사를 하고 집무실을 나왔다. 황궁을 나온 대진은 외무부로 넘어갔다.

그런 그를 이번에 임명된 외무대신이 맞았다.

"어서 오십시오."

지금까지 내각 대신들은 전부 조선 출신들이 맡아 왔다. 마군 출신 중에 국정을 잘 아는 사람도 없었고 상대적으로 나이도 많지 않았기 때문이다.

그러다 제국이 되면서 달라졌다.

마군은 그동안 상당한 경륜을 쌓았다. 그리고 본격적인 국가 발전을 위해서는 미래 지식을 갖춘 마군 출신이 적극적으로 나서는 것이 좋았다.

그래서 가장 먼저 국방대신을 맡았다.

이어서 외무 · 건설 · 공업부를 비롯해 대거 내각에 진출해 있었다. 이 중 외무대신은 S중공업 출신으로, 이름은 한상태였다.

한상태가 자리를 권했다.

"이리 앉으시지요."

"감사합니다."

두 사람이 자리에 앉자 차가 나왔다.

대진이 차를 한 모금 마시고서 지금까지의 일을 설명했다. 설명을 들은 한상태는 어렵지 않게 상황을 추정했다.

"영국이 많이 불안했나 봅니다. 우리 모르게 일본을 지원해 줄 생각까지 하다니요. 그렇다고 우리 입장에서는 그 문제를 대놓고 추궁할 필요가 없겠네요."

대진이 동조했다.

"맞는 말씀입니다. 영국에 추궁하지 않는 것이 오히려 좋지요. 본래 좋은 패는 숨겨져 있을 때가 가장 큰 위력을 발휘하니 말입니다. 이번에 추진할 중동 계획을 위해서도 그게 좋고요."

마군 중에서 중동 지역의 가치를 모르는 사람이 아무도 없었다. 한상태도 대진의 말을 듣자마자 바로 고개를 끄덕였다.

"그렇다면 더 말할 나위가 없지요."

"이스탄불에 계신 공사님은 어떤 분이지요? 우리와 같은 마군 출신이란 말은 들었습니다만."

"그렇습니다. 우리 같은 마군 출신으로 저와 같은 S중공업 출신의 이무성 공사입니다."

"성향이 어떤 분이신가요?"

"본래 시설 관리를 하던 사람이어서 매사에 꼼꼼합니다. 그래서 중동 계획을 위해 미리부터 이스탄불에 배치해 놓았습니다."

"외무부에서도 중동 계획을 위해 일찍부터 준비해 오셨군요."

한상태의 목소리가 높아졌다.

"당연히 그렇게 해야지요. 중동이 갖는 의미가 어떤지 모르는 마군이 어디 있겠습니까? 그런데 이번 일은 혼자 하기가 어려울 것 같은데 누구와 동행하실 계획입니까?"

"아무래도 군이 개입될 상황이 많을 것 같아서 현역 3명을 데려가려고 합니다."

그 말에 한상태가 우려했다.

"백작님이 데려갈 정도의 현역이라면 마군 출신을 구하기 어려울 텐데요. 어디 괜찮은 사람이 있었습니까?"

"확인해 보니 소령은 마군 해병대 사병 출신의 유능한 사람이 있더군요. 그래서 그 소령으로 선발하려고 합니다. 대위와 중위는 어쩔 수 없이 조선 출신으로 선발하고요."

"다행이군요. 마군 출신이 보좌해 주면 백작님의 운신에 큰 도움이 되겠습니다."

대진이 고개를 저었다.

"이제는 그러기도 쉽지 않네요. 우리가 이곳에 온 지 햇수로 14년째나 되었습니다. 그렇다 보니 이제는 사람을 구하는 일도 어렵습니다. 위관급은 우리 출신을 아예 찾을 수가 없고요."

한상태의 눈빛도 아련해졌다.

"그러게 말입니다. 시간이 참 빨리도 지나갑니다. 여기에 온 것이 어제만 같은데 벌써 시간이 많이 지났네요."

대진도 과거를 회상했다.

"처음에는 어디부터 손대야 할지 모를 정도로 막막했는데, 그동안 많이 발전했습니다. 더구나 요즘 들어 발전하는 속도가 눈에 보일 정도로 빠른 것 같아서 신이 납니다."

한상태가 크게 웃었다.

"하하하! 맞습니다. 개혁을 시작할 때 1년을 10년처럼 쓰자고 했는데 지금 보니 그게 현실이 되었어요. 이렇게 몇 년만 더 지나면 모든 기반이 완전하게 자리 잡을 것 같습니다. 그렇게 되면 경제 발전 속도는 지금보다 훨씬 더 빨라지지 않겠습니까?"

대진도 적극 동조했다.

"그렇게 될 것입니다. 미래 지식을 갖고 있는 우리가 일로 매진하고 있는데 당연히 그 정도는 만들어 놔야지요. 이제는 외국 외교관들이 우리나라를 바라보는 위상도 많이 달라졌 겠지요?"

한상태가 격하게 대답했다.

"당연히 그렇지요. 최강대국이라고 자부하는 영국조차 우리 몰래 공작을 추진하고 있을 정도가 되었습니다. 영국이 그런데 다른 나라는 더 말해 무엇 하겠습니까?"

두 사람은 동시에 고개를 끄덕였다.

외무부를 나온 대진은 이번에는 국방부를 찾아갔다. 국방 대신 장병익이 대진을 환대했다.

"어서 오게, 이 백작."

"충성! 그동안 잘 계셨습니까?"

장병익이 호탕하게 웃었다.

"하하하! 이 백작도 이제 전역을 했는데 아직도 군례를 올리는 거야?"

대진은 금년 초 전역했다.

대진은 그동안 승진해 대령이었다. 그것을 그동안의 공적을 인정받아 장성으로 특진하며 전역했다.

"한 번 상관이면 영원한 상관 아니겠습니까? 더구나 국방대신님께서는 해병대를 끝까지 지켜 주셨던 분이고요."

장병익이 흐뭇해했다.

"고마운 말이다. 내가 해병대에 끝까지 남았던 것은 나라의 미래를 위해서야. 대륙 영토가 많은 대한제국의 특성상 육군도 중요하지. 그러나 해양영토를 수호해야 할 해병대의 역할이 무엇보다 중요하잖아. 그런 해병대를 나라도 지키고 있어야 했지."

"잘하셨습니다. 덕분에 해병대의 위상이 모든 군의 최고가 되었습니다."

장병익이 펄쩍 뛰었다.

"무슨 말을 그렇게 하는 거야! 해병대는 이전에도 최고였어!"

"하하! 그 말씀이 맞습니다."

"그런데 오늘은 어인 일이지?"

대진이 중동 진출에 대한 계획을 설명했다. 장병익도 이미 알고 있는 일이었기에 두말하지 않았다.

"지금이 적기인 것은 맞아. 그래, 우리 군에서 무엇을 도와주면 되지?"

"이번 일에는 군이 꼭 필요합니다. 그래서 처음부터 함께 일을 추진하기 위해 마군 출신 소령과 대위, 중위가 각 1명씩 필요합니다."

"전부 해병대원으로 충원하면 되나?"

"어느 군에서 충원하든 관계없습니다. 하지만 소령은 해병대에서 차출했으면 합니다."

"눈여겨본 사람이 있구나."

"그렇습니다."

"나중에 주둔할 것까지 생각하면 해병대가 좋을 거야."

"그렇기는 합니다."

"그래, 해병대에서 쓸 만한 자원이 있는지 찾아봐야 해. 그리고 혹시 소령의 능력이 부족하면 중령을 대동하도록 해. 중령도 문제는 없잖아?"

"그렇습니다."

"알았어. 이 백작이 눈여겨본 소령을 한번 만나 보겠어. 그런데 능력이 처지는 것 같으면 어쩔 수 없이 중령을 추천할 거야."

"예, 알겠습니다."

며칠 후.

대진은 자신의 집무실을 찾은 3명의 장교를 접견했다.

"차렷, 경례!"

"충! 성!"

대진이 답례하고는 손을 내밀었다. 세 사람은 각자의 관등성명을 대며 손을 맞잡았다.

"소령 이진만."

"대위 이병석."

"중위 조위성."

"모두 반갑다. 우선 이리로 앉지."

"감사합니다."

대진의 말에 따라 세 사람은 소파에 앉았다.

그런 3명은 군기가 바짝 들어가서 몸이 뻣뻣했다. 대진이 그 모습을 보고는 웃으며 긴장을 풀어 주려 했다.

"하하! 너무 긴장하지 않아도 되니 편하게 앉도록 해."

이진만이 어색한 미소를 지었다.

"너무 유명하신 분을 뵙다 보니 절로 긴장이 됩니다."

대진은 고개를 저었다.

"그러지 않아도 돼. 그리고 유명한 사람이 여기 또 있잖아."

대진이 병석을 바라봤다.

"안 그래? 이 남작."

병석이 놀라며 자세를 바로 했다.

"아닙니다. 작위는 단지 형식일 뿐 저는 대위에 불과하니 편하게 대해 주시면 됩니다."

대진은 세 사람의 인적 사항을 먼저 받아 봤다. 그러다 일본·청국과의 전쟁에서 공적을 세워 남작의 작위를 받은 병석에게 흥미를 가졌다.

그러나 흥미는 흥미일 뿐이다. 대진의 당면 과제는 중동 진출 계획의 성공 여부였다.

그래서 미리 주의를 주었다.

"귀관의 말대로 작위는 작위일 뿐이야. 군에서는 철저하게 계급에 따른 상명하복을 준수해야 해."

병석이 큰 목소리로 대답했다.

"물론입니다. 저는 백작님처럼 전역한 것도 아닌 현역입니다. 그리고 정년까지 현역에서 활동하고 싶은 사람이니 특혜는 조금도 바라지 않습니다."

"좋아. 이 소령."

이진만이 대답했다.

"예, 백작님."

"세 사람의 팀장은 이 소령이야. 귀관은 중동에서의 작전이 얼마나 중요한지 알고 있겠지?"

"물론입니다. 그리고 이번 작전에 제가 참여할 수 있어서 무한한 영광입니다."

"하하! 무한한 영광이라는 말은 작전을 성공시키고 나서 하자."

"알겠습니다."

대진이 세 사람을 둘러봤다.

"우리가 중동에 진출하려는 까닭은 영토 확장 때문이 아니다. 우리는 중동에 매장되어 있는 무한한 석유 자원을 획득하기 위한 목적을 갖고 있다. 그러기 위해서는 목표를 반드시 이뤄 낼 수 있는 과감하고 철저한 작전이 필요하다."

설명을 마친 대진은 준비한 서류를 건넸다.

"이 서류는 내가 이번 작전을 입안하면서 만든 계획서야. 그러니 이스탄불로 출발하기 전에 숙지해 놓도록 해. 아! 그리고 수정하고 싶은 사안은 언제라도 건의를 해."

이진만이 서류를 넘기며 확인했다.

"내용이 외부로 알려지면 문제가 되겠습니다."

"당연하지. 그러니 옆방에서 검토하면서 논의해 보도록 해. 내용에 대한 토의가 필요하면 언제라도 내가 참석하겠어."

"알겠습니다."

대진이 지시했다.

"출발할 시간이 한 달이 채 남지 않았어. 그러니 너무 무리한 훈련을 받지 않는 것이 좋아."

이진만이 대답했다.

"걱정하지 않으셔도 됩니다. 우리 모두 특수훈련을 이수했습니다. 출발할 때까지는 무리하게 훈련 일정을 잡지 않을 것입니다."

이진만이 일어났다.

"다른 지시 사항이 없으면 저희들은 나가서 이 계획안부터 숙지하겠습니다."

"그렇게 해."

대진이 고개를 끄덕이자 세 사람은 밖으로 나갔다.

다음 날.

대진은 이진만과 오스만공사를 만나러 갔다.

대한제국과 오스만제국은 지난해 수교했다.

개혁 초기 대진은 상해에 있던 오스만 상인과 몇 번의 만남이 있었다. 그런 오스만 상인과 영국의 중재로 양국의 수교 협상이 진행되었다.

그 바람에 다른 나라보다 수교가 늦었다.

수교 후.

대한제국은 바로 주재 공사를 파견했다. 중동 진출을 위해 준비할 부분이 많았기 때문이다.

반면에 오스만은 금년 초에 공사를 파견했다. 그 바람에 아직은 공사관이 없어서 민간 가옥을 얻어서 사용하고 있었다.

대진이 오스만공사관을 방문했다.

공사관에는 오스만 특유의 복장을 한 병사가 경비를 서고 있었다. 대진이 방문 사실을 알리자 오스만 병사가 정중히 문을 열어 주었다.

대진이 마당을 가로질렀다. 그 모습을 본 오스만 공사가 밖으로 나와 무슬림 방식으로 인사를 했다.

"어서 오십시오."

대진은 전날 미리 사람을 보내 방문 연락을 해 두었다. 그래서 오스만공사는 능숙한 영어로 대진을 반갑게 맞았다.

대진도 어색하지만 무슬림 방식으로 인사했다.

"모든 것이 알라의 뜻대로. 반갑습니다, 공사님. 황실특별보좌관이며 백작인 이대진입니다."

"모든 것이 알라의 뜻대로. 백작님에 대한 말씀은 많이 들었습니다. 저는 오스만의 한국 주재 공사인 이스마일 하산이라고 합니다."

대진이 손을 내밀었다.

"아나톨리아와 중동의 주인인 오스만의 공사를 뵙게 되어 영광입니다."

이스마일 하산이 크게 웃었다.

"하하하! 과찬이십니다. 중동의 주인이라니요?"

"당연히 오스만제국이 중동의 주인이지요. 중동에 오스만을 제외한 나라가 어디 있습니까?"

"그건 그렇습니다."

기분이 좋아진 오스만의 공사가 대진의 손을 굳게 잡았다.

이스마일 하산이 정중히 권했다.

"안으로 드시지요, 백작님."

"감사합니다."

오스만의 공사관은 민간 가옥이지만 지어진 지 얼마 되지 않았다. 그래서 내부는 깨끗했으며 그런 실내의 중심에 소파가 놓여 있었다.

대진이 먼저 이진만을 소개했다. 하산 공사도 오스만의 무관을 정식으로 소개했다.

인사를 마치고 네 사람이 소파에 앉았다. 이어서 오스만의 하인이 물담배 기구를 가져와 각자의 자리에 놓았다.

이스마일 하산이 권했다.

"우리 오스만의 특산품인 물담배입니다. 한번 드셔 보시지요."

대진은 담배를 피우지 않는다.

하지만 일부러 권하는 물담배를 거절할 수는 없어서 감사의 인사를 했다. 그러고는 연기를 적당히 빨아서 삼키지 않고 뱉었는데 향이 좋았다.

"향이 아주 좋군요."

이스마일 하산이 기뻐했다.

"다행입니다. 몇 가지 약재를 섞어서 만든 것이라 향만 맡아도 머리가 개운해지지요."

네 사람은 물담배를 갖고 한동안 한담을 나누었다. 그러다 이스마일 하산이 담배 기구를 옆에 두고서 본론으로 들어갔다.

"백작님께서 저를 뵙고 싶다는 연락을 해 주어서 놀랐습니다."

대진도 이해했다.

"개인적인 연락을 드린 것이 이번이 처음이어서 그러실 겁니다."

"예, 말씀을 많이 들었는데 이렇게 뵙게 되어 영광입니다."

"별말씀을 다 하십니다. 영광이라니요."

"아닙니다. 제가 들었던 백작님의 활약이라면 당연히 존경을 받아 마땅한 분이지요."

"하하! 이거 참."

"그런데 오늘은 어쩐 일로 저를 보자고 하신 겁니까?"

"이번에 귀국에 가서 양국에 도움이 되는 일을 추진해 보려고 합니다. 그래서 귀국의 사정이 어떤지 미리 알고 싶어서 찾아뵀습니다."

이스마일 하산의 눈이 커졌다.

"오! 그렇습니까? 허면 우리 오스만에도 도움이 되는 일을 하러 가신다는 겁니까?"

"그렇습니다."

"혹시 그게 무엇인지 알려 주실 수 있는지요?"

호기심을 드러내는 이스마일 하산의 모습에 대진이 웃으며 고개를 저었다.

"미안합니다. 아직 귀국의 사정을 모르는 상황에서는 말을 할 계제가 아닌 것 같습니다."

"그러시군요. 좋습니다. 무엇을 알고 싶으신 건가요?"

"먼저 귀국의 상황을 알고 싶습니다."

"본국의 상황을요?"

"그렇습니다. 우선은 제가 알고 있는 사실부터 말씀을 드리겠습니다."

"좋습니다."

마군에는 오스만에 대한 기록이 의외로 많지 않았다. 그만큼 지금이나 이전이나 오스만과는 별다른 교류가 없었다.

대진은 그런 기록에 통달해 있어서 대강이나마 상황을 설명할 수 있었다. 이스마일 하산은 이런 대진의 설명을 듣고 깜짝 놀랐다.

"놀랍군요. 우리 오스만의 사정에 대해 백작님께서 이렇게나 잘 알고 계실 줄은 몰랐습니다."

대진이 손을 저었다.

"수박의 겉핥기 정도에 불과합니다. 깊이 있게 들어가면 실상은 귀국의 사정에 대해 거의 모른다고 해도 과언이 아닙니다."

이 말은 사실이었다.

대진이 알고 있는 지식은 단지 단편적인 기록에 의한 것뿐이었다. 그러나 대진의 말을 이스마일 하산은 겸손한 것으로 받아들였다.

그가 고개를 저었다.

"그렇지 않습니다. 동양에서 우리 오스만에 대해 이 정도로 알고 있는 분은 처음입니다. 서양 외교관들도 우리 오스만의 실상에 대해 많이 알고 있는 사람이 별로 없습니다."

"그래도 영국과 프랑스는 귀국의 사정을 잘 알고 있는 것 같던데요."

그 말에 이스마일 하산의 얼굴이 붉어졌다.

"자신들이 필요해서 그런 것뿐입니다. 영국과 프랑스는 끊임없이 아프리카의 우리 영토를 공략하고 있지요. 그래서 프랑스는 알제리를 강탈해 갔으며, 영국은 우리 영토인 이집트를 보호령으로 만들려 하고 있습니다. 우리 오스만은 그런 영국의 탐욕을 절대 인정하지 않고 있고요."

대진이 오스만의 사정을 짚었다.

"영토가 너무 넓어도 문제군요. 넓은 영토에 비해 인구가 적은 것도 부담이고요."

이스마일 하산이 인정했다.

"정확히 보셨습니다. 방금 말씀하신 그 부분이 우리 오스만의 가장 큰 문제점이지요."

"그래도 탄지마트를 실시하며 상당한 성과를 보지 않았습니까?"

탄지마트는 오스만이 수십 년 동안 추진해 온 개혁 정책이다. 오스만은 탄지마트를 통해 근대화를 추진하였으나 뚜렷한 성과를 거두지 못했다.

이스마일 하산이 씁쓸해했다.

"우리 오스만에 대해 잘 알고 계시는 백작님께 무엇을 숨기겠습니까? 수십 년 동안 추진해 온 개혁 정책은 여러 문제만 남기고 별다른 성과를 거두지 못하였습니다. 그 바람에 프랑스와 영국의 지속적인 침략을 받고 있고요. 아울러 불구대천의 원수인 러시아에는 흑해 일대의 비옥한 영토를 상당 부분 내준 상황이고요."

대진이 아쉬워했다.

"안타까운 일이네요. 중동 지역도 영국이 야금야금 침투해 들어오고 있지 않습니까?"

이스마일 하산이 고개를 저었다.

"중동은 사정이 조금 다릅니다. 영국이 해적을 막는다는 핑계로 오래전부터 아라비아반도의 끝에 진출해 있는 것은 맞습니다. 그리고 그 지역에 있는 몇 개의 토후들을 모아 휴전 오만을 결성해서 보호하고 있을 뿐입니다."

대진이 말을 정정했다.

"진출을 한 것은 맞지만 아직까지는 오스만의 영토를 침략한 것은 아니로군요."

"그렇습니다."

옆에 있던 이진만이 질문했다.

"아라비아 동부 해안은 오스만의 영역입니까?"

"이전까지는 실질적인 영토는 아니었지요. 그러나 아라비아반도 전체가 본국의 영향력하에 있는 것은 분명한 사실입니다."

이진만이 다시 질문했다.

"아라비아 일대가 전부 다 사막이어서 버려둔 것입니까?"

이스마일 하산이 고개를 끄덕였다.

"그렇습니다. 이슬람의 성지인 메카와 메디나가 있는 서부해안 지역을 제외하면 아라비아는 대부분의 사막이어서 영토로서의 가치가 없는 곳이지요. 방금 말씀하신 아라비아 동부도 오아시스 지역을 제외한 전부가 사막이고요. 그래서 본래는 토후도 없었는데 바레인과 카타르에 토후가 생겨났지요. 그래서 우리 오스만이 새롭게 진출해서 확실한 영유권을 행사하고 있고요."

"새로 진출한 지 얼마 되지 않았다는 말씀이군요."

"그렇습니다."

대진이 한 번 더 확인했다.

"오스만제국이 언제라도 아라비아반도의 내륙을 장악할 수 있다는 말씀이군요."

이스마일 하산이 고개를 저었다.

"당연히 가능하지만 실익이 없습니다. 그래서 우리 오스만에 반하는 토후가 있다면 다른 토후를 지원해 견제하는 정도이지요."

이 정도가 오스만이 바라보는 아라비아에 대한 실상이었다. 오스만에 있어 아라비아는 이슬람의 발상지이지만 실익은 없는 땅이었다.

그래서 메카와 메디나를 성지로서 보호하려 할 뿐이었다. 만일 지하에 어마어마한 자원이 매장되어 있다는 사실을 알았다면 오스만은 결코 아라비아를 버려두지 않았을 것이다.

이진만이 그 부분을 꼭 짚었다.

"쓸모가 없는 땅이어서 일부러 버려두고 있다는 말씀이군요."

"예, 맞습니다. 그곳이 아니어도 우리 오스만은 통치할 곳이 도처에 널려 있습니다. 그리고 우리 오스만의 사정으로는 모래땅에 병력을 보낼 형편이 안되는 것도 사실이고요."

"그 사이를 영국이 비집고 들어올 수도 있지 않겠습니까?"

이스마일 하산이 크게 웃었다.

"하하하! 영국이 사막지대에 뭐 하러 진출하겠습니까? 아무리 영토 욕심이 많은 영국이라지만 사람도 거의 살지 않는 곳을 차지하려고 우리와 척질 이유는 없지요."

이번에는 대진이 나섰다.

"그래도 아라비아 동부 해안에는 몇 개의 항구가 있지 않습니까?"

"예, 있기는 하지요. 그러나 그런 항구도 원주민들에게나 필요가 있을 뿐입니다."

대진은 이후 몇 번의 질문을 더 했다. 그리고 대답을 들으면서 오스만이 아라비아 동부에 대해 어떤 생각을 갖고 있는지 확실히 알게 되었다.

"오늘 좋은 말씀 들었습니다. 이스탄불로 가기 전에 몇 번 더 찾아뵙고 싶은데, 가능하겠습니까?"

이스마일 하산이 환하게 웃었다.

"그럼요. 언제라도 오십시오. 대환영입니다."

"감사합니다."

이후 대진은 며칠마다 한 번씩 이스마일 하산을 방문했다. 시간이 지날수록 대화는 내밀해지면서 오스만이 갖고 있는 문제도 상당 부분 알게 되었다.

그러던 어느 날.

군사 부문이 거론되었다. 이스마일 하산은 다른 날보다 더 큰 목소리로 서양 세력을 성토했다.

대진의 생각이 깊어졌다.

"으음! 영국 등의 견제로 군사력 증강에 힘이 많이 든다는 말씀이군요."

이스마일 하산이 이를 갈았다.

"그렇습니다. 영국은 우리 오스만의 군사력 증강을 노골적으로 막아 오고 있습니다. 프랑스도 마찬가지이고요. 그 바람에 군사 장비를 개선할 수 있는 공업 기술의 도입은 물론이고 신형 전함의 구매조차 어려울 정도이지요."

"공업 기술 도입을 막는 것은 큰 문제네요."

"그뿐이 아닙니다. 더 큰 문제는 영국과 프랑스가 모략을 쓰는 겁니다. 그들이 흉계로 외채를 자꾸 발행하게 해서 우리 오스만의 재정을 점점 더 악화시키고 있습니다."

대진이 아쉬워했다.

"큰일이군요. 외채가 많아지면 총체적 난국에 빠질 텐데요."

이스마일 하산이 한숨을 내쉬었다.

"후! 솔직히 말씀드리면 총체적 난국에 빠진 지 오래입니다. 몇 년 전 대재상 미드하트 파샤가 강력하게 개혁을 추진했지요. 그러나 기득권층의 반발과 파디샤의 외면으로 허무하게 끝나고 말았지요. 당사자인 미스하트 파샤도 옥사했고요."

"파디샤라면 황제를 말씀하는 거지요?"

"그렇습니다. 우리 오스만에서는 황제를 파디샤라고 부르지요."

이슬람의 종교 최고지도자는 칼리프다. 그리고 그런 칼리프가 인정한 이슬람제국의 통치자가 술탄이다.

오스만은 건국 초기부터 황제가 칼리프와 술탄의 지위를 동시에 갖고 있었다. 그래서 오스만은 지금까지 이슬람 세계의 종주국으로 군림하고 있었다.

"그렇군요. 무기는 자체 생산을 합니까?"

이스마일 하산은 고개를 저었다.

"아쉽게도 본국에서 생산되는 무기는 아직 없습니다."

"그러면 전부 서양에서 수입하고 있겠군요."

"그렇습니다."

대진이 고개를 갸웃했다.

"혹시 각국에서 소총과 대포를 다양하게 구입하고 있습니까?"

"잘은 모르지만 그런 것으로 알고 있습니다."

"여러 나라에서 무기를 수입하면 호환이 되지 않을 텐데요."

"맞습니다. 그래서 같은 부대에서도 총탄이 다른 상황이 왕왕 초래되고 있습니다."

대진은 오스만의 문제점을 바로 파악했다.

'이거, 회귀 전의 대한제국과 거의 판박이네.'

회귀 전의 대한제국은 공업 기반이 너무도 열악했다. 더구나 일본과 청국의 노골적인 간섭으로 무기를 자체 생산하지 못했다.

그로 인해 일본, 영국, 프랑스, 독일 등에서 수시로 무기를 수입해야 했다. 이렇듯 계획성 없는 무기 수입은 엄청난 문제점을 초래했다.

각국에서 수입한 총기류는 총탄조차 제대로 호환이 되지 않았다. 그 바람에 같은 부대에서도 제원이 다른 무기로 인한 부조화로 전투력이 크게 떨어질 수밖에 없었다.

이런 문제를 오스만이 그대로 겪고 있었다. 대진은 이런 사정을 어렵지 않게 짐작할 수 있었다.

그래서 슬쩍 운을 띄웠다.

"만일 오스만군의 소총이 하나의 제원으로 통일한다면 어떻게 되겠습니까? 그것도 영국과 프랑스의 소총보다 성능이 좋다면요."

이스마일 하산은 두말하지 않았다.

"그야말로 최상이겠지요. 그렇게만 된다면 본국의 전투력은 급상승하게 될 것입니다."

"그리고 거기에 배낭을 비롯한 각종 군수 장비까지 완비한다면 군사력은 더 상승하겠지요?"

이스마일 하산의 목소리가 커졌다.

"당연하지요. 우리 오스만군의 화기가 그런 식으로 통일된다면 어느 나라와 싸워도 전투력에서 결코 밀리지 않을 것입니다."

"으음!"

대진이 크게 고개를 끄덕였다. 이스마일 하산이 기대감을 잔뜩 갖고 질문했다.

"백작님께서 이런 말씀을 하시는 것은 혹시 귀국에서 그런 작업을 할 수 있다는 겁니까?"

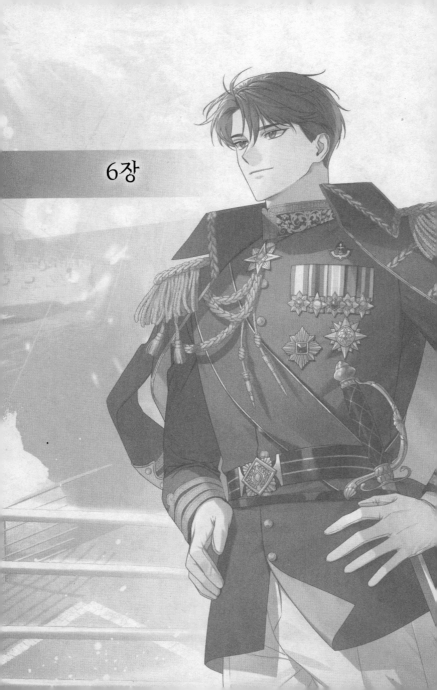

6장

대진은 솔직해졌다. 아니, 이스마일 하산이 이런 질문을
할 때까지 기다렸다는 쪽이 정확했다.

　"예, 그렇습니다. 정당한 대가만 지불한다면 우리는 오스
만과 통 큰 거래를 하고 싶습니다. 그러면서 귀국이 당면한
군사 부문의 문제점을 해결해 드리고 싶고요."

　이스마일 하산의 눈이 커졌다.

　"그게 정말입니까?"

　"본국의 군사력이 어떻다는 것은 공사님께서도 잘 아실 것
입니다."

　"당연히 잘 알고 있지요. 일본과 청국을 연파한 것은 물론
이고 프랑스까지 압도하지 않았습니까?"

"예, 맞습니다. 그렇게 된 데에는 본국이 보유한 최첨단 화기가 결정적 역할을 했지요. 만일 귀국이 본국과 거래할 용의가 있다면 귀국 군대의 전부의 소총을 교체할 수 있는 물량을 공급할 수 있습니다. 그것도 영국이나 프랑스, 그리고 독일의 소총보다 우수한 품질로요."

이스마일 하산이 침을 꿀꺽 삼켰다. 그러나 그는 외교관답게 이내 냉정하게 상황을 분석했다.

"본국의 병력이 얼마인지 아십니까?"

"수십만은 되겠지요."

"그 병력을 전부 교체할 화기를 공급해 준다는 말씀입니까?"

대진이 말을 슬쩍 돌렸다.

"그보다는 본국이 보유한 무기 제작 기술을 넘겨주는 것이 더 좋겠지요."

이스마일 하산이 반색했다.

"당연한 말씀이지요."

"그뿐이 아닙니다. 우리는 귀국이 필요하다면 군사고문단을 파견해 본국의 첨단 전투 교범을 전수해 줄 용의도 있습니다."

그 말에 이스마일 하산이 눈을 빛냈다.

"이런 제안을 하신 것이 거래 때문이라고 했는데, 구체적으로 어떤 거래입니까?"

대진이 한발 물러섰다.

"미안하지만 오늘은 여기까지 말씀드리고 싶습니다. 그리고 세부 내용은 제가 이스탄불에 가서 귀국의 황제 폐하와 대재상을 직접 뵙고서 본격적으로 논의하려고 합니다."

이스마일 하산은 아쉬웠다. 그러나 대진이 말대로 세부적인 내용은 황제나 대재상과 직접 만나 담판을 짓는 것이 맞다.

"알겠습니다. 본국에는 백작님이 이러한 의도가 있다는 말씀까지만 전하겠습니다."

"그렇게 하십시오."

이스마일 하산이 상황을 설명했다.

"우리 오스만은 무슬림 국가입니다. 그렇다 보니 기독교가 국교인 유럽 전체를 상대해야 하는 어려움이 있지요. 솔직히 러시아만 상대하는 것도 어려운데 유럽 전체를 상대해야 하는 우리로서는 단 하나의 우군도 아쉬운 상황입니다."

이러면서 기대감을 숨기지 않았다.

"동양 최강국인 귀국이 우리 오스만을 도와준다면 천군만마가 될 것입니다. 본 공사는 백작님의 이스탄불 여정이 부디 성공적으로 끝나기를 빌어 마지않습니다."

대진도 솔직하게 생각을 밝혔다.

"감사합니다. 우리 대한제국도 귀국과 우호 관계를 유지하고 싶습니다. 그리고 양국의 국익에 부합되는 결과가 있기를 바라고 있습니다."

"꼭 그렇게 되기를 기원합니다."

"감사합니다."

두 사람은 굳게 악수를 나눴다.

얼마 후.

대진이 장도에 올랐다.

대한무역은 초기, 상해의 유럽 상인들을 앞세워 유럽과 중개무역을 했다. 조선이라는 나라의 국세도 약했으며 거래 물량도 많지 않았기 때문이다.

그러던 조선이 동정 북벌에 성공하면서 대한제국이 되었다. 이때부터 신제품이 쏟아져 나오면서 거래 물량이 폭발적으로 증대되었다.

이후 교역국도 늘어나면서 중개무역만으로는 감당할 수 없는 수준이 되었다. 대한무역은 그래서 자연스럽게 직교역으로 전환하게 되었다.

직교역이 시작되면서 무역은 중개무역 때보다 훨씬 더 활성화되었다. 그와 함께 서양의 주요 항구를 왕복하는 정기항로도 개설되었다.

이런 항로 중에는 이스탄불도 있었다.

오스만과의 교역은 처음에는 많지 않았다. 수출할 물량은 많았지만 오스만에서 수입할 물량은 턱없이 적었기 때문이다.

하지만 이런 문제는 오래가지 않았다.

화학제품을 비롯한 각종 공산품이 쏟아져 나오면서 교역

량이 대폭 늘어났다. 늘어난 것이었다. 그래서 정기항로도 개설되었으며, 그 덕에 대진과 일행은 이스탄불을 정기 왕복하는 무역선에 승선해 있었다.

대한제국은 무역항이 몇 곳 지정되어 있었다. 이 중 오스만 정기항로는 제물포가 출발점이었다.

대진은 일행과 함께 제물포에서 승선했다.

대진이 승선한 선박은 3,000톤급이었다.

이즈음 무역선들은 대개 1,000톤급 정도다. 그런 상황에서 3,000급은 거의 최대 규모로, 그만큼 많은 상품이 선적되어 있었다.

제물포를 출발한 무역선은 20여 일 만에 수에즈를 통과해 다르다넬스해협에 도착했다. 다르다넬스해협은 보스포루스해협과 함께 지중해와 흑해를 잇는 전략 요충지다.

다르다넬스해협은 보스포루스해협보다 폭이 넓고 길다. 해협의 너비는 1~6킬로미터에 불과했으며 길이는 60킬로미터나 되었다.

그런 다르다넬스해협의 좌우 곳곳에는 오스만이 만들어 놓은 해안요새가 있었다. 해안요새들은 해협을 통과하는 배에서는 너무도 잘 보였다.

이진만이 감탄했다.

"이 해협을 전략 요충지라 부를 만하네요. 비록 높은 절벽은 없지만 곳곳에 설치된 해안포는 충분히 적의 통과를 저지시킬 수 있겠습니다."

대진도 적극 동조했다.

"그러게 말이야. 해협의 폭도 좁지만 길이도 길어서 외세가 침략하면 쉽게 벗어나기 어렵겠어."

상선은 2시간여를 항해해 다르다넬스해협을 통과했다. 그러고는 다시 반나절을 항해한 끝에 이스탄불이 보이는 보스포루스해협 앞에 도착했다.

여기서 날이 어두워 해협 안으로 들어가지는 못했다. 그래서 마르마라해에서 밤을 보내고는 다음 날 이른 아침 이스탄불을 끼고 돌아 금각만으로 들어갔다.

금각만(金角灣)의 좌우 해안은 전체가 항구라 해도 과언이아니었다. 이스탄불 방면은 물론이고 건너편에도 항만시설이 구비되어 있었다.

대한무역 상선은 이스탄불 방면의 선착장으로 접근했다. 그러자 대기하고 있던 예인선이 다가와 상선을 안전하게 접안시켰다.

대진은 제물포를 출발할 때 미리 이스탄불로 연락했었다. 그 덕에 배가 도착하자마자 오스만의 세관원과 함께 공사관 직원이 갑판으로 올라왔다.

"어서 오십시오, 백작님."

"우리 공사관에서 오신 분인가요?"

"그렇습니다. 공사관 2등서기관 홍영식(洪英植)입니다."

"반갑습니다."

대진이 악수를 나누고는 동행한 장교들과도 인사를 나누게 했다. 인사를 마친 홍영식이 여권을 챙겨서 세관원에게 넘겼다.

미리 이야기가 되었는지 오스만 세관원은 바로 도장을 찍고 여권을 돌려주었다. 여권을 돌려받은 홍영식이 물었다.

"짐은 어디 있습니까?"

대진이 뒤에 쌓인 짐을 가리켰다.

"여기 있습니다."

홍영식이 손짓으로 오스만인 하인에게 짐을 들게 했다. 하인들은 우르르 달려들어 짐을 들었다.

"내려가시지요."

"이대로 내려가면 되나요?"

"예, 세관과는 미리 말을 해 두었습니다. 그리고 우리가 먼저 내려가야 본격적인 하역 작업을 실시할 수 있습니다."

그 말에 대진이 이진만 등을 돌아봤다.

"내려가지?"

"예, 백작님."

네 사람은 차례로 갑판을 내려왔다. 그러고는 홍영식의 뒤를 따라 선착장을 벗어나니 승용차가 서 있었다.

홍영식이 문을 열었다.

"백작님, 타시지요."

"고마워요."

네 사람을 태운 홍영식은 능숙하게 운전석으로 올라탔다. 대진이 놀라워했다.

"홍 서기관이 직접 운전하는가 봐요?"

"예, 이스탄불에 배치되기 전에 운전을 배워 두었습니다. 공사님을 모시고 다닐 일이 많을 것 같아서요."

대진이 이해를 했다.

"운전기사를 구하기가 쉽지가 않지요."

"맞습니다."

"오스만에도 승용차가 꽤 들어왔지요?"

"이스탄불만 천여 대가 들어온 것으로 압니다."

대진이 놀랐다.

"오! 우리와 교역한 지 얼마 되지 않는데 생각보다 많이 들어왔구나."

홍영식이 사정을 설명했다.

"이스탄불은 오랫동안 동서양의 세력과 문화가 만나던 요충지입니다. 그렇다 보니 거상(巨商)들이 다른 어느 곳보다 많습니다. 더구나 오스만은 영토가 넓어서 총독과 같은 고위 관리도 많고요."

"세 대륙에 걸쳐 영토가 있는 나라는 오스만이 유일하지. 그만큼 영토도 넓고."

"그렇습니다. 그래서 이스탄불에도 운전기사를 구하는 일이 하늘의 별 따기로 알고 있습니다."

"대한자동차에서 정비공장과 함께 운전을 가르치는 사람이 나와 있지 않나요?"

"그렇기는 합니다만 운전기사가 부족한 것은 어쩔 수가 없습니다. 그 바람에 자동차 수출이 차질을 빚을 정도지요."

"빨리 개선해야겠구나."

"그렇습니다."

이스탄불의 역사는 2,000년이 넘는다.

그렇게 오래된 도시답게 미로와 같은 길이 도처에 널려 있었다. 승용차는 그런 길을 요리조리 잘 빠져나가다가 한 곳에서 멈추었다.

"다 왔습니다."

대진이 내리니 상당한 크기의 저택 앞이었다. 그 저택의 정문 안에는 높이 솟은 깃봉이 있었는데, 거기에 태극기가 걸려 있었다.

대진과 일행이 정문으로 다가갔다.

"충성! 어서 오십시오."

정문을 지키는 해병대원들이 절도 있게 인사했다. 대진은 그들을 보며 반갑게 화답했다.

"모두들 고생이 많아. 근무하느라 힘들지?"

"아닙니다. 어렵지 않습니다."

대진이 그들의 어깨를 두드려 주고서 안으로 들어갔다. 그런 대진의 뒤를, 해병대 장교들이 경비병의 어깨를 두드려

주며 따랐다.

대진이 도착한 사실을 알고 있는 주재 공사가 정문까지 나와 있었다.

"어서 오십시오, 백작님."

"반갑습니다, 공사님. 이대진입니다."

"오스만 주재 공사 이무성입니다."

이무성이 장교들과도 인사를 나누고는 안내를 했다. 그의 안내에 따라 일행은 접견실로 들어갔다.

"오시는 데는 불편하지 않았습니까?"

"배가 커서 그런지 편하게 잘 왔습니다."

"다행입니다."

"공사관 부지는 결정했습니까?"

이무성이 고개를 저었다.

"워낙 오래된 도시다 보니 넓은 부지를 찾을 수가 없습니다. 지금 사용하고 있는 공사관도 다행히 시기가 맞아서 구입할 수 있었고요. 그래서 당분간은 지금 공사관을 사용하면서 천천히 부지를 물색해 보려고 합니다."

"다른 나라는 어떻습니까?"

"다른 나라도 사정은 별반 다르지 않습니다. 오래전에 진출한 영국 정도나 제대로 된 공관을 갖고 있지요."

"그래도 나라의 위상이 있는데 시간을 갖고 마음에 드는 부지를 찾아보십시오."

"그렇게 해 보려고 합니다."

대진이 궁금한 점을 질문했다.

"이스탄불에 주재하면서 오스만 내부의 정보는 많이 입수하셨습니까?"

이무성은 대진이 무슨 의도로 이런 질문을 하는지 너무도 잘 알았다. 그랬기에 그의 대답은 주저 없이 나왔다.

"오스만은 부조화의 나라라는 표현이 적당합니다."

"그렇습니까?"

"오스만은 탄지마트 개혁을 추진하면서 유럽에서 운용되는 각종 제도를 모두 들여오기는 했지요. 그러나 그 제도를 운용하는 사람들은 여전히 과거에 머물러 있는 상황이지요."

대진이 비교했다.

"양무운동을 오랫동안 추진해도 별다른 성과를 얻지 못하고 있는 청나라와 비슷하다는 말씀이군요."

"정확히 그렇습니다. 솔직히 총체적 난국이라 해도 과언이 아닙니다. 정부 기구의 효율은 거의 최악이고 온갖 비리가 판치고 있는 상황입니다."

"청국처럼 노제국의 문제점을 고스란히 안고 있는 거로군요."

"맞습니다. 청국도 그렇지만 오스만도 강력한 나라였습니다. 유럽 전체가 오스만을 상대해야 할 정도의 나라였으니까요. 그러나 그러한 과거의 영화가 거꾸로 오스만의 발목을 잡고 있는 상황이어서 곤혹스러울 때가 한두 번이 아닙니다."

"우리 계획을 추진하는 데 어려움은 없겠습니까?"

그러자 이무성이 눈을 빛냈다.

이무성이 자신의 생각을 밝혔다.

"너무 예단하는 것인지 모르겠지만, 가능성은 차고 넘친다고 생각합니다."

생각 외로 확고한 답변이었다.

"그렇습니까?"

"예, 제가 지금까지 만난 오스만의 주요 대신들은 하나같이 과거의 성세를 되찾고 싶어 합니다. 그러나 역동성을 대부분 상실한 늙은 오스만으로선 결코 쉽지 않은 일이지요."

"오스만은 수시로 개혁을 실시하고 있었지 않습니까?"

이무성이 고개를 끄덕였다.

"각종 개혁 정책을 실시하기는 했습니다. 그러나 대부분이 제대로 시행도 못 하고 무산되고 말았습니다. 그렇게 된 데에는 하부 조직의 부정부패도 문제지만 수시로 마음이 변하는 황제의 괴팍한 성품이 결정적 역할을 하고 있지요."

"역시 총체적인 난국이란 말씀이군요."

"그렇다고 봐야 합니다."

"그럼에도 우리 계획이 성공할 수 있다고 자신하는 이유는 무엇입니까?"

이무성이 설명했다.

"방금도 말씀드렸지만 오스만은 황제를 포함한 모두가 과

거의 성세를 되찾고 싶어 합니다. 우리가 그런 염원을 현실에서 구현할 수 있는 길을 만들어 준다면 우리의 계획은 성공할 수밖에 없습니다."

"으음!"

대진이 동조의 의미로 고개를 끄덕였다. 그런 모습을 본 이무성은 더 강력하게 생각을 밝혔다.

"그리고 더 중요한 현실적 요인도 있습니다."

"그게 무엇이지요?"

"우리가 품으려는 아라비아 동부는 오스만의 시각에서는 그저 쓸모없는 변방의 모래사막으로 보일 뿐입니다. 오아시스마저 없다면 원주민들조차도 외면하는 황무지일 뿐이지요."

대진의 고개가 더 크게 끄덕여졌다.

"그래서 가능성이 더 높다는 말씀이군요."

"그렇습니다. 그런 지역을 얻기 위해 우리가 먼저 오스만이 필요한 것을 베풀어 준다면 분명 좋은 결과가 있을 것입니다."

"알겠습니다. 공사님의 말씀 적극 참고하겠습니다. 오스만 황제는 언제 알현하지요?"

"우선 연락해 봐야 합니다. 미리 말은 해 놓았지만 도착 날짜가 잘못될지 몰라서 날을 잡지는 않았습니다."

그렇게 말한 이무성은 오스만 직원을 불러 지시했다.

"베일레르베이 궁전으로 가서 술탄의 접견 일자를 받아 오도록 하게."

"알겠습니다, 공사님."

이무성이 설명했다.

"베일레르베이(Beylerbeyi) 궁전은 보스포루스해협의 건너편
에 있는 별궁입니다. 규모는 작지만 아름다운 궁전이지요.
전대 황제가 만든 궁전인데 사람 만나는 것을 꺼리는 지금의
황제가 여름 궁전으로 애용하고 있지요."

"사람을 만나는 것을 꺼린다고요?"

"예, 주변의 말을 들어 보면 거의 대인기피증 환자와 같은
행동을 한답니다."

"저와의 만남도 어려울 수가 있겠군요."

이무성이 장담했다.

"그 부분은 걱정하지 않아도 됩니다. 지금까지 제가 본국
의 상황을 적당히 부풀리면서 열심히 약을 쳐 놓았습니다.
그리고 본국에 있는 오스만 주재 공사가 백작님의 제안을 보
고해서 오스만 황제가 큰 관심을 갖고 있다고 합니다. 덕분
에 황제는 물론 오스만의 지도자들이 백작님이 어떤 분인지
궁금해한다고 들었습니다."

"제가 이스마일 하산 공사에게 한 제안이 오스만 황제에게
제대로 전달되었다는 말이군요."

"그렇습니다."

대진은 흡족했다.

"잘되었군요. 하산 공사가 본국에 보고를 잘할 것을 예상하고 제안했는데, 그게 적중했네요."

"역시 사전 계획이 있으셨군요."

"그렇습니다."

대진이 자신의 계획을 설명했다. 그 말을 들은 이무성은 크게 고개를 끄덕였다.

"상당히 일리 있는 계획이네요. 1세대 평정소총이라 해도 유럽의 어느 소총보다 위력이 뛰어난 것으로 압니다. 그런 소총을 오스만의 황제나 대신들이 직접 본다면 큰 반향을 불러일으킬 것입니다."

"그렇지 않아도 견본으로 20자루를 가져왔습니다. 박격포도 몇 문 가져왔고요."

이무성이 반색했다.

"그렇다면 대화하기가 훨씬 쉽겠군요."

"공사님께서 많이 도와주십시오."

이무성이 다짐했다.

"국익을 위해 혼신의 노력을 다해야지요. 더구나 가장 필요한 석유 자원 확보를 위한 공작인데 더 말해 무엇 하겠습니까?"

"감사합니다."

사흘 후.

대진이 이진만, 이무성과 함께 통역관을 대동하고 보스포루스해협을 건넜다. 그러고는 오스만의 여름 별궁인 베일레르베이 궁전을 찾았다.

접견실에서는 대재상이 기다리고 있었다.

"어서 오십시오."

대진이 무슬림식 인사를 했다.

"처음 뵙겠습니다. 대한제국에서 온 이대진이 오스만의 대재상을 뵙습니다."

대재상도 무슬림식 인사를 했다.

"이브라임 에디헴이라고 합니다."

"에디헴 파샤이셨군요."

파샤(Pasha)는 오스만에서 신분의 높은 사람을 칭하는 명예 호칭이다. 이브라임 에디헴도 대진에게 화답했다.

"그대가 백작이란 말은 들었습니다."

"예, 그렇습니다. 저는 대한의 백작이며 황실특별보좌관입니다."

에디헴이 이무성과 이진만에게도 인사했다. 그러고는 손으로 의자를 가리켰다.

"앉으시지요."

"감사합니다."

접견실에는 소파가 없었으며 벽 쪽으로 개별적으로 앉는 의자가 놓여 있었다. 대진과 일행이 자리에 앉자 대기하고 있던 하인이 홍차를 내왔다.

"드시지요."

"감사합니다."

대진은 홍차에 각설탕을 넣었다. 그러고는 능숙하게 젓고서 한 모금 마셨다.

"홍차 맛이 아주 좋군요."

"영국 왕실에서 마치는 홍차와 같은 종류입니다."

"그렇군요."

잠시 홍차를 갖고 한담이 오갔다. 그러다 이브라임 에디헴 대재상이 먼저 본론으로 들어갔다.

"귀국에 주재하는 하산 공사가 전신으로 보고해 왔습니다. 백작께서 우리 오스만에 제안할 사안이 있다고요?"

에디헴은 대진의 제안을 알고 있었다. 그러나 모른 척하며 질문하자 대진은 담담히 대답했다.

"그렇습니다. 저는 양국의 국익에 도움이 되는 방안을 말씀드리려고 합니다."

"양국에 도움이 되는 제안이요?"

"제가 알아본 바에 따르면 귀국은 소총과 같은 화기를 유럽 각국에서 수입하고 있더군요. 그 바람에 귀국의 무기체계가 상당히 혼란스럽다는 말을 들었습니다."

에디헴 대재상이 한숨을 내쉬었다.

"후! 안타깝지만 그렇습니다. 처음부터 한 제품만 택해서 대량으로 구매해야 하는데 유럽 국가의 견제로 그러지 못하고 있습니다. 그래서 그때그때 최고의 무기를 구입한다는 것이 여러 나라에서 무기를 들여오게 되었습니다. 처음에는 그게 문제가 될 줄 몰랐는데, 시간이 지나고 보니 호환이 되지 않더군요."

"그럴 것입니다. 유럽은 수시로 전쟁이 벌어지고 있지요. 전쟁이 벌어지면 무기를 강탈당할 수 있어서 각국이 일부러 구경을 달리해서 소총을 생산하고 있을 겁니다."

"맞습니다. 거기다 사양도 달라서 관리하는 데 아주 애를 먹고 있지요. 그런 문제점은 곧바로 전투력 저하로 이어지고 있고요."

"그렇다는 말은 들었습니다. 그런 문제점을 단번에 해결할 수 있는 방안이 있다면 어떻게 하시겠습니까?"

대재상이 대번에 관심을 보였다.

"당연히 채택을 해야지요. 구입할 수 있다면 어떠한 대가를 지급해서라도 사들여야 할 것이고요. 그렇지 않아도 하산 공사로부터 백작님이 화기 문제 해결을 거론했다는 말은 들었습니다."

"그렇습니다. 우리 대한제국은 귀국의 어려움을 단번에 해결할 방안을 갖고 있습니다."

"오! 그렇습니까?"

"대재상께서는 본국의 제식소총에 대해 알고 계십니까?"

에디헴 대재상이 고개를 저었다.

"솔직히 알지는 못합니다. 하지만 귀국의 군사력이 막강하다는 소문은 익히 들어서 알고 있습니다."

"그렇습니다. 본국은 지난 10여 년 동안 세 번의 전쟁을 치렀지요."

대진이 지난 전쟁에 대해 설명했다.

대재상은 연신 감탄하며 설명을 들었다. 그러다 프랑스 함대를 압도했다는 대목에서는 마치 자신의 일처럼 손뼉까지 치면서 기뻐했다.

"대단합니다. 14척의 전함과 5척의 수송선을 완전히 압도하며 나포하다니요. 그 정도의 놀라운 전과는 유럽에서도 거의 없습니다."

"그렇습니다. 그렇게 세 번의 전쟁에서 승리할 수 있었던 것은 두 가지 이유 때문이지요. 하나는 우리가 보유한 화기의 성능이 다른 나라를 압도한다는 점입니다. 그리고 다른 하나는 우리가 채택하고 있는 군사 전술이 최상이기 때문이지요."

대진이 대재상을 똑바로 바라봤다.

"만일 오스만이 우리와 같은 군사 무기를 보유하고 최고의 군사 전술을 습득한다면 어떻게 되겠습니까? 그렇게 된다면 어떤 나라와 싸워도 결코 지지 않을 군사력을 보유하게 될 것입니다."

이진만 공사가 장담을 했다.

"지지 않는 것을 넘어 누구와 싸워도 이길 수 있을 것입니다."

대재상이 반문했다.

"누구와 싸워도 이길 수 있다고요?"

"그렇습니다. 물론 그렇게 되기 위해서는 각고의 훈련을 받아야 합니다. 우리 대한제국이 지금의 제국이 될 수 있었던 것은 병사들을 철저하게 조련했기 때문입니다."

"귀국 화기의 위력이 그렇게 대단합니까?"

대진이 당당하게 대답했다.

"그렇습니다. 시범을 위해 견본으로 20정의 소총을 가져왔습니다. 박격포도 5문을 가져왔고요 그러니 필요하다면 언제라도 사격과 포격 시범을 보여 드릴 수가 있습니다."

대재상이 대번에 관심을 보였다.

"좋습니다. 그러면 관계자들과 먼저 시범을 보고 나서 다음 논의를 이어 나가도록 합시다."

그때 대진이 조심스럽게 질문했다.

"귀국의 황제 폐하는 언제 알현할 수 있습니까?"

에디헴 대재상이 고개를 저었다.

"안타깝지만 오늘은 만나 뵐 수가 없습니다. 본국의 황제께서는 외부 사람을 접견하는 것을 꺼리십니다. 그러니 접견은 시범을 보고 난 연후에 따로 날을 잡도록 하지요."

말은 이렇게 했다.

그러나 실상은 아직 오스만 황제를 접견하기는 이르다는 의미였다. 대진도 말의 진의를 바로 알아듣고는 두말하지 않았다.

"알겠습니다. 화기 시범은 언제가 좋겠습니까?"

"모레 오전으로 하지요. 장소는 따로 알려 드리겠습니다."

"그렇게 하십시오."

그리고 이틀 후.

이스탄불 외곽에 있는 군부대에서 화기 시범이 열렸다.

시범에는 오스만에서 대재상과 대신들, 그리고 군 지휘관을 포함한 20여 명이 참석했다.

화기 시범은 이진만이 지휘했다.

"진열되어 있는 소총은 본국에서 생산한 평정소총이라고 합니다."

군 지휘관들이 소총을 들어서 이곳저곳 세심하게 살폈다. 그러던 지휘관 중 한 명이 놀라 반문했다.

"이 소총은 단발이 아니군요?"

"역시 알아보시는군요. 그렇습니다. 평정소총은 4발을 장전할 수 있습니다."

지휘관들이 크게 술렁였다.

이때 다른 지휘관이 질문했다.

"소총의 총구가 너무 작은데, 이러면 폭발력과 사거리가 떨어지는 거 아닙니까?"

이진만이 고개를 저었다.

"그렇지 않습니다. 총탄은 본국이 개발한 화약을 장약했습니다. 그래서 총탄의 구경은 작아도 관통력과 사거리는 훨씬 더 깁니다."

"구경이 작아도 사거리가 더 길다고요?"

"그렇습니다. 우리 소총의 유효사거리는 300미터로, 유럽의 소총보다 2배 이상 깁니다."

지휘관들이 더 크게 술렁였다.

대신 중 1명이 나섰다.

"나는 국방대신 후세인 아브니라고 합니다. 이 소총을 우리에게 수출한다는 말씀입니까?"

이번에는 대진이 나섰다.

"아닙니다. 협상 결과에 따라 다르겠지만 우리 제안을 귀국이 받아들인다면 10만 정을 협상의 대가로 공여할 계획입니다. 그리고 더 많은 조건을 받아들인다면 소총의 제작 기술까지 온전히 전수해 드릴 용의도 있습니다."

이 제안에 모두가 깜짝 놀랐다. 이들로서는 생각지도 못한 파격적인 제안이었기 때문이다.

7장

후세인 아브니 국방대신이 다시 확인했다.

"소총의 무상 공여는 물론이고 제작 기술까지 넘겨준다고 했습니까?"

대진도 분명히 밝혔다.

"그렇습니다. 다시 말씀드리지만 협상 결과가 어떻게 나오느냐에 따라 내용이 달라질 것입니다."

"그야 그렇겠지요."

대진도 소총을 들었다.

"들어 보시면 알겠지만 이 소총은 무게도 가볍습니다. 국방대신께서 한번 확인해 보시지요."

후세인 아브니가 소총의 무게를 가늠했다.

"그렇군요. 이 소총은 유럽에서 생산된 소총보다 상당히 가볍군요."

"그렇습니다. 그래서 몸집이 작은 병사들도 다루기가 편하지요. 그리고 평정소총은 4연발이어서 전투가 벌어졌을 때 적보다 훨씬 유리한 입장에서 사격할 수가 있지요."

아브니가 바로 동조했다.

"당연히 그렇겠지요. 적이 1발 사격할 때 아군은 4발을 쏠 수 있으니 더 말해 무엇 하겠습니까?"

"맞습니다. 그리고 전투에서 돌격할 때 미리 장전해 두면 백병전에서 아주 유리해집니다."

그 말에 모든 지휘관들이 격하게 동감했다.

"자! 지금부터 시범 사격을 실시하겠습니다."

이진만 소령이 지시했다.

"사수! 위치로!"

병석이 복창하고 사선에 섰다.

"위치로!"

"4발 연발사격을 실시하겠다. 사수 장전."

"장전!"

병석이 능숙하게 실탄을 장전했다.

"먼저 25미터부터 사격하겠다. 사격 준비. 사격!"

탕! 탕! 탕! 탕!

병석은 두 번의 전쟁에서 모두 저격병으로 나섰을 정도로 사격 능력이 뛰어났다. 그래서 25미터에 이어진 50미터, 100미터, 150미터, 200미터의 사격도 백발백중이었다.

오스만 사람들은 놀랐다.

총탄이 작아 폭발력을 우려했는데 표적지의 나무판이 너무도 쉽게 깨져 나갔기 때문이다. 지휘관 중 다수는 병석의 시범이 끝나고 직접 사격을 실시하며 높은 호응도를 보였다.

"대단하군요. 200미터에서도 살상력이 뛰어납니다."

"그러게 말입니다. 연사 능력이 이 정도면 누구와 싸워도 지지 않겠습니다."

오스만 지휘관들은 하나같이 반응했다.

지금까지 이들이 보아 온 소총은 단발이 전부였다. 그런 오스만 지휘관들에게 평정소총은 파격이나 다름없는 물건이었다.

지휘관들의 반응을 지켜보던 대재상인 이브라임 에디헴이 나섰다.

"잠시 고정들 하세요. 화기에 대한 평가는 다른 화기 시범을 마저 보고서 합시다."

지휘관들은 이내 안정을 찾았다.

이진만이 다시 나섰다.

"다음으로 박격포의 시범이 있겠습니다. 박격포의 재원은……."

이진만이 잠시 재원에 대해 설명했다.

이러는 동안 사격을 마친 병석이 중위와 함께 박격포를 설치했다. 박격포가 설치된 것을 본 이진만이 지시했다.

"지금부터 포격이 있겠습니다. 포격 실시!"

병석이 포탄을 포신에 넣었다.

퐁!

박격포 포탄이 특유의 발사음을 남기면서 솟구쳤다. 그렇게 솟구친 포탄은 상당한 거리를 날아가 미리 표시해 둔 표적에 정확히 명중했다.

꽝!

지휘관들의 탄성이 터졌다.

"이야! 의외로 파괴력이 높구나."

"유효사거리가 2,000여 미터라고 했는데 실전에서 아주 유용하겠어."

박격포의 포격이 몇 차례 이어졌다. 그때마다 오스만의 지휘관들은 격하게 반응했다.

이진만 소령의 설명이 이어졌다.

"박격포는 무게가 야포보다 상대적으로 가볍습니다. 그래서 포병이 아닌 보병이 운용하며 언제 어느 곳에서도 포격이 가능하다는 장점이 있습니다."

오스만 지휘관이 나섰다.

"놀라운 물건이군요. 이 정도의 위력이라면 야전에서 아주 큰 효과를 볼 수 있겠습니다."

"그렇습니다. 보병이 운용하는 것도 대단한데 유효사거리도 만만치 않게 긴 장점이 있습니다. 이런 박격포를 제대로 운용만 한다면 야전에서의 작전 능력을 효율적으로 배가시킬 수 있겠어요."

오스만 지휘관들도 많은 전투를 치러 오며 산전수전을 겪은 사람들이었다. 그렇기에 이진만의 설명을 누구보다 잘 이해했다.

화기 시범은 여기서 끝났다.

대진이 앞으로 나섰다.

"지금부터 질문을 받도록 하겠습니다."

다양한 질문이 쏟아졌다.

화기의 성능에 대한 질문도 있었지만 대한제국의 현황에 대한 질문도 많았다. 대진은 그러한 질문에 능숙하게 대답하며 신뢰감을 구축했다.

이어서 대재상이 나서서 정리했다.

"이 정도면 되었으니 시범은 여기서 끝내도록 합시다. 모두들 수고 많았습니다."

짝! 짝! 짝!

누가 일부러 유도한 것도 아니었다.

그럼에도 동시에 터져 나온 박수는 한동안 이어졌다.

대진은 그런 박수 소리를 들으며 이번 협상이 잘될 것 같아 기분이 좋았다.

잠시 후.

이들은 자리를 옮겨 대재상의 집무실 옆 회의실에서 마주 앉았다. 대재상 이브라임 에디헴이 먼저 고마워했다.

"오늘 좋은 경험을 하게 해 주어서 고맙습니다."

대진도 인사했다.

"좋게 봐주셔서 감사합니다."

"솔직히 놀라운 경험이었습니다. 귀국이 어떻게 동양 최강국이 되었는지 이해가 되었습니다."

외무대신 차르하르 알리가 나섰다.

"우리 외교관들 사이에서는 몇 년 전 귀국이 프랑스와의 해전에서 압승한 것이 아주 큰 화제였습니다. 영국과 자웅을 겨루고 있는 프랑스 함대가 그렇게 참패한 경우는 지금까지 한 번도 없었으니까요. 프랑스와의 해전에서 승리한 것은 또 다른 군사 무기가 있어서겠지요?"

"그렇기도 하지만 본국의 전투 지식이 결정적 역할을 했습니다."

알리 외무대신의 눈이 커졌다.

"그래요?"

"예, 사람들은 해전에서의 전술을 무시하는 경향이 없잖아 있습니다. 그저 화력 좋은 함포만 있으면 해전에서 승리한다고들 말하지요. 그러나 사실 해전도 고도의 전술 전략이 필요합니다. 우리 대한제국이 프랑스 태평양함대를 압도할 수 있었던 것에는 그 당시에 적용한 전술 전략이 결정적 역할을 했지요. 아! 물론 특전 부대의 전투력과 특수무기도 큰 몫을 했고요."

"그렇군요. 그러면 특수무기도 도입할 수 있는 겁니까?"

대진이 고개를 저었다.

"아쉽게도 특수무기만 갖고는 전투력을 높일 수가 없습니다."

"아!"

아브니가 나섰다.

"귀국은 전함도 건조합니까?"

"그렇습니다."

"역시 그렇군요. 프랑스 해군의 전함은 최고의 기술력을 자랑하고 있습니다. 함포의 위력도 대단하고요. 그런 프랑스 함대에게 승리할 정도라면 귀국이 생산한 전함의 성능도 상당하겠습니다."

"전함 건조는 솔직히 프랑스가 더 뛰어날 것입니다. 우리가 프랑스에 앞서는 것은 함포의 위력이 더 좋다는 정도이지요."

"그렇군요. 그러면 귀국은 함정 발주도 받습니까?"

대진이 고개를 저었다.

"아직까지 그런 경우는 한 번도 없었습니다. 그리고 당분간은 그럴 계획도 없고요."

아브니가 아쉬워했다.

"그렇습니까?"

대재상 이브라임 에디헴이 손을 들었다.

"이제 그만하면 되었습니다. 이 정도면 한국의 군사력이 어느 정도인지 충분히 알 수 있을 것 같습니다. 그러니 이제부터는 본론으로 들어가도록 합니다."

대재상 에디헴이 대진을 바라봤다.

"귀국이 바라는 것이 무엇인지 이제 말씀해 보시지요."

대진은 생각을 정리했다.

"귀국은 아라비아반도를 거의 버려두다시피 하고 있는 것으로 압니다. 물론 이슬람의 성지인 메카와 메디나가 있는 서부 지역은 특별히 관리하고 있지만요. 그렇게 된 데에는 아라비아반도가 거의 사막지대인 영향이 큰 것으로 압니다."

대재상 에디헴은 부인하지 않았다.

"그렇습니다. 성지인 메카와 메디나가 있는 반도의 서쪽은 종교적으로도 아주 중요한 지역이지요. 그러나 사막뿐인 동부 지역은 거의 쓸모가 없습니다. 그래서 지금까지 버려두었다가 반란군이 설쳐 대는 것을 막기 위해 10여 년 전에 카타르반도까지 진출은 했지요."

"그러시군요. 우리 대한이 요구하는 것은 바로 아라비아 동부로의 진출입니다."

모두를 깜짝 놀랐다.

외무대신 알리가 다시 확인했다.

"아라비아반도 동부에 진출하고 싶다고요?"

"그렇습니다. 방금 대재상께서도 확인해 주셨지만 오스만은 아라비아반도 동부에 대해 별 관심이 없는 것으로 압니다. 만일 귀국이 승낙해 준다면 우리가 그 지역에 진출하고 싶습니다."

알리의 고개가 갸웃해졌다.

"모래뿐인 땅으로 진출하고 싶다니요? 백작께서도 말씀하셨지만 그 지역은 오아시스를 제외하면 불모의 땅이나 다름없습니다."

"그래서 진출하려는 겁니다. 그 지역이 옥토였다면 오스만제국이 수백 년 동안 내버려 두지 않았겠지요."

아브니가 정색을 했다.

"그곳에 우리가 모르는 무언가가 있는 것입니까?"

대진이 고개를 저었다.

"그렇지는 않습니다."

"그러면 그 지역을 무엇 때문에 탐을 내는 것이지요?"

대진이 적당히 핑계를 댔다.

"전략적 가치 때문입니다. 영국은 오래전부터 아라비아반도 끝에 있는 몇 개의 토후국을 모아 휴전 오만이란 연맹체를 만들어 보호령으로 삼고 있습니다. 그런 영국을 견제하기 위해서라도 아라비아 동부로의 진출이 필요하다고 생각합니다."

아브니 국방대신이 깜짝 놀랐다.

"귀국이 영국을 견제한다고요?"

대진이 슬쩍 물러섰다.

"꼭 그렇지는 않습니다. 하지만 영국은 금년, 인도의 옆에 있는 버마를 점령했습니다. 그렇듯이 영국은 자신들이 진출한 지역의 주변으로 세력을 확대해 나가고 있는 것이 문제이지요. 제가 알기로 귀국도 그런 영국의 팽창정책 때문에 이집트를 두고 문제가 많은 것으로 압니다."

아브니가 이를 갈았다.

"맞습니다. 간악한 영국의 계략 때문에 이집트가 위기에 빠져 있지요. 알제리는 프랑스가 강제로 점령한 상태고요."

이집트에 대한 이야기가 나오자 대신들이 격하게 영국을 성토했다. 그런 성토를 묵묵히 듣고 있던 대진이 적당한 때에 다시 나섰다.

"그렇습니다. 우리는 그런 영국을 견제하고 페르시아 지역으로 진출하기 위해 아라비아 동부 지역으로 진출하고 싶은 것입니다."

알리 외무대신이 확인했다.

"귀국이 영국의 진출을 막아 낼 수 있겠습니까?"

대진이 장담했다.

"물론입니다. 우리 대한제국은 프랑스 해군의 대규모 함대를 완전히 제압한 나라입니다. 영국이 지금처럼 강성해진 것은 육군보다 해군의 군사력이 월등하기 때문입니다."

대진은 프랑스와의 해전을 예로 들며 대한제국의 군사력

을 알렸다. 이런 대진의 발언에 오스만의 대신들은 전부 고개를 끄덕였다.

대재상이 문제점을 지적했다.

"하지만 귀국이 굳이 중동까지 와서 영국을 견제할 필요가 있겠습니까?"

"일종의 교두보 확보이기도 합니다. 본국이 중동에 진출하게 되면 무역에 활로가 생기면서 경제적으로 상당한 이득이 생깁니다. 더하여 본국의 위상을 세상에 알릴 수 있는 계기도 되고요."

"으음!"

몇몇 대신들이 고개를 끄덕였다. 처음보다 분위기가 좋아진 것을 확인한 대진은 이번에는 오스만의 이익에 대해 설명했다.

"오스만이 우리의 제안을 받아들인다면 군사적인 부분에서 엄청난 소득을 얻게 될 것입니다. 방금 보신 대로 본국의 평정소총은 유럽의 어떤 소총보다 화력이 뛰어납니다. 아울러 박격포는 야전에서 놀라운 성능을 발휘할 것이고요."

모두가 고개를 끄덕였다. 대진이 그들을 한 명씩 눈을 맞추며 말을 이었다.

"그런 소총을 10만 정을 제공하겠습니다. 아울러 박격포 100여 문도 함께요. 이 정도의 무기라면 오스만군의 전투력을 한 단계 높여 놓기에 충분할 겁니다."

오스만 대신들이 자신들끼리 급히 대화를 나누었다. 그렇게 대화를 나누는 오스만 대신들의 얼굴은 하나같이 밝았다.

대화를 듣던 대재상 에디헴이 나섰다.

"백작께서는 사안에 따라서 무기만 제공하거나, 소총의 제작 기술까지 넘겨준다고 말했습니다. 맞지요?"

"그렇습니다. 제가 분명 그렇게 말을 했습니다."

"허면 어떻게 해야 무기를 얻고 제작 기술까지 얻는다는 말입니까?"

대진은 내심 쾌재를 불렀다.

오스만의 대재상이 조건을 말하는 것 자체가 의미가 있었다. 그 말은 자신의 제안 중 하나를 받아들일 생각이 있다는 의미였기 때문이다.

대진은 가져온 문서를 건넸다.

이런 일은 말로 하는 것보다 문서로 제안하는 것이 확실했다. 그리고 당장 결정할 수 있는 사안이 아니어서 문서가 더 필요했다.

"여기 이 서류에 우리들의 요구 사항이 들어 있습니다."

대재상이 감탄했다.

"호오! 준비 정신이 투철하군요."

"이런 일일수록 분명한 것이 좋지 않겠습니까?"

"그렇기는 합니다."

대재상이 문서를 넘겼다.

모두의 시선이 대재상에게로 쏠렸다. 대재상은 문서를 찬찬히 넘기고서 조용히 덮었다.

"쉽게 결정할 사안이 아니군요."

대진도 인정했다.

"동의합니다. 비록 사막이지만 본국이 중동에 영토를 얻는 일입니다. 오스만으로서는 군사력을 한 단계 높이는 일이고요. 그렇게 되면 크고 작은 변화가 일어나게 될 테니 쉽게 결정하기 어렵겠지요."

에디헴도 인정했다.

"맞습니다. 저 혼자 결정할 사안도 아니고, 내각만으로도 결정하기 어려운 일이군요. 돌아가서 내각회의를 거쳐 폐하께 보고를 드려서 재가를 받아야겠습니다."

"그렇게 하십시오. 거듭 말씀드리지만 본국의 제안을 제대로 받아들이신다면 귀국의 영토 수호에 새로운 길이 열릴 것이라고 확신합니다. 더불어 양국의 우호증진에 결정적 계기가 될 것이고요."

대재상도 크게 고개를 끄덕였다.

"무슨 말인지 잘 알겠습니다. 반드시 심사숙고해서 최선의 결과를 도출해 내지요. 아! 그리고 가져오신 화기는 저희들이 가져가도 되지요?"

"물론입니다. 처음에는 조작하기 어려운 점이 있을 터이니 우리 무관들이 도움을 줄 것입니다."

"감사합니다."

대진이 자리에서 일어났다.

"그럼 부디 좋은 결론을 내려 주시기를 기원하면서 이만 물러가겠습니다."

대진은 무슬림식 인사를 하고는 회의실을 나왔다.

지금까지 대화에 끼어들지 않았던 이무성이 그제야 입을 열었다.

"잘되겠지요? 제가 봤을 때 대재상이 큰 관심을 보이는 것 같았습니다."

대진도 동의했다.

"저도 그런 느낌을 받았습니다."

이무성이 바람을 숨기지 않았다.

"어쨌든 좋은 결과가 있었으면 좋겠습니다. 제대로만 된다면 우리나라의 석유는 걱정할 필요가 없어지니 말입니다."

"그렇지요. 이번 일이 성공한다면 자원 확보 전쟁의 최초의, 그리고 최대의 성과가 될 것입니다."

"그러게 말입니다."

두 사람은 희망을 가득 안고 건물 밖으로 나왔다. 그리고 대기하고 있는 승용차에 올라탔다.

한편 대재상 에디헴은 창문에서 대진이 차를 타고 가는 모습을 지켜보고 있었다. 그는 대진이 탄 차가 출발하자 몸을 돌렸다.

"한국은 참으로 신기한 나라입니다."

외무대신 알리가 질문했다.

"대재상께서는 왜 그런 생각을 하시는지요?"

"생각해 보세요. 불과 20여 년 전만 해도 한국이 어디에 붙어 있는지 아는 사람이 없었습니다. 우리에게는 단지 코리아라는 과거에 무역이 크게 융성했던 나라라고만 알고 있었고요. 그런 나라가 갑자기 역사의 전면에 나섰지 않았습니까? 그것도 처음에는 천연두 예방접종시약이란 놀라운 신약을 갖고 말입니다."

법무대신 세브테드도 동조했다.

"맞는 말씀입니다. 저는 소총과 박격포도 놀랍지만 자동차를 보면 입이 다물리지가 않습니다."

외무대신 알리도 인정했다.

"그렇지요. 자동차는 너무도 대단한 기술이어서 감히 뭐라고 말을 할 수가 없을 정도지요."

"그뿐만이 아니라 무역 상인들의 적극적인 자세도 놀라울 따름이지요. 다른 유럽도 마찬가지겠지만 우리 오스만과도 몇 년 동안 거래량이 수십 배나 폭증하지 않았습니까?"

에디헴도 적극 인정했다.

"폭발적으로 국력이 급신장하는 나라임은 분명합니다. 그렇게 급신장하는 국력을 등에 업고서 오늘 이런 제안을 할 정도로 말입니다."

모든 사람이 고개를 끄덕였다.

외무대신 알리가 나섰다.

"에디헴 파샤께서는 방금 전의 제안을 어떻게 생각하십니까?"

"저는 나쁘지 않다고 생각합니다. 솔직히 우리에게 아라비아 동부는 거의 내버려 둔 땅이었습니다. 세금은 물론이고 사람도 별로 살지 않아 관리하기조차 어려운 곳입니다. 그랬으니 영국이 그동안 한 침략을 생각조차 않고 있었지요."

"옳은 지적입니다. 그 땅이 좋았다면, 아니 사람이라도 많이 살고 있었다면 영국은 무슨 수를 쓰더라도 침략했을 겁니다."

국방대신 후세인 아브니가 나섰다.

"저는 군사력 증강을 위해서라도 한국의 제안을 받아들여야 한다고 생각합니다. 여러 파샤들께서도 보셨다시피 한국의 소총과 박격포의 위력은 대단했습니다. 만일 8년 전에 이 소총이 우리에게 있었다면 어떻게 되었겠습니까?"

말하던 아브니가 주먹을 움켜쥐었다.

"그랬다면 우리는 러시아와의 전쟁에서 패하지 않았을 겁니다. 우리의 터전인 발칸반도의 불가리아를 비롯한 세르비아와 몬테네그로 등을 잃어버리지도 않았을 것이고요."

곳곳에서 한숨이 터졌다.

아브니의 목소리가 높아졌다.

"두 번 다시 그런 일이 일어나서는 안 됩니다. 만일 그런 일이 발생한다면 이번에는 이스탄불까지 위험해질 수도 있습니다."

외무대신 알리가 적극 동조했다.

"아브니 파샤의 말씀이 맞습니다. 어떠한 일이 있더라도 더 이상의 후퇴는 안 됩니다. 그랬다가는 제국의 안위마저 위태로워질 수가 있습니다."

대재상 이브라임 에디헴도 생각은 같았다. 그러나 한 가지 우려되는 부분이 있었다.

"여러분의 생각에 나도 동조합니다. 그런데 한국이 아라비아의 동부를 얻고 나서 더 큰 욕심을 부리면 어떡합니까?"

외무대신 알리가 즉각 나섰다.

"그런 일이 일어나지 않도록 사전에 방비하면 됩니다."

"어떻게 말입니까?"

"한국과 상호방위조약을 체결하는 것입니다. 아울러 양국 간의 군사 교류도 적극 추진하면서 한국을 우리 동맹국의 위치로 만드는 겁니다."

"한국을 군사동맹국으로 만들자고요?"

알리가 눈을 빛내며 생각을 밝혔다.

"그렇습니다. 한국은 영국의 아라비아 진출을 막아 주겠다고 했습니다. 그런 약속도 군사동맹 규정에 명문화하는 겁니다. 그렇게 하면 우리의 우려는 그만큼 줄어들지 않겠습니까."

법무대신이 바로 나섰다.

"영국과 한국을 서로 견제시키자는 말이군요."

알리의 목소리가 높아졌다.

"그렇습니다. 한국으로 하여금 영국의 아라비아반도 진출을 막게 하는 것입니다. 한국이 그렇게만 해 주어도 저는 아라비아 동부를 내주어도 된다고 생각합니다."

세브데트 법무대신이 동조했다.

"적을 적으로 막자는 전략이로군요. 계획대로만 된다면 우리는 한국으로부터 막대한 군수물자와 화기 제작 기술을 얻게 됩니다. 더불어 영국의 중동 진출을 효과적으로 제어할 수가 있겠고요."

국방장관이 대답했다.

"그렇게 되면 최고의 상황이지요."

대부분의 대신들이 찬성했다. 대재상 에디헴도 찬성하는 입장이었기에 다른 말을 하지 않았다.

"좋습니다. 그러면 우리가 협의한 사항을 내일 폐하를 뵙고 말씀드리도록 하지요. 여기에 계신 대신들도 내일 나와 함께 입궁하시지요."

"알겠습니다."

다음 날.

오스만 대신들이 베일레르베이 궁전을 찾았다. 오스만의 황제 압둘 하미트 2세(Abdülhamit II)가 대신들을 반겼다.

"어서들 오시오."

대재상이 모두를 대표해 인사했다.

"세상의 모든 무슬림의 칼리프이며, 왕 중의 왕이신 파디
샤를 뵙습니다."

　그의 말에 따라 대신들이 이슬람식으로 정중하게 몸을 숙
였다. 압둘 하미트 2세가 손을 들어서 답례를 했다.

"모두들 잘 오셨습니다. 그만 일어들 나세요."

"황공하옵니다."

"그래, 오늘은 어인 일로 찾아온 겁니까?"

"국정의 중요한 일이 있어서 폐하를 찾아뵈었습니다."

"무슨 일이지요?"

"폐하께서는 동양 국가인 한국에 대해 아십니까?"

　압둘 하미트 2세가 대답했다.

"한국은 자동차를 만드는 나라가 아닙니까? 짐이 듣기로
프랑스 함대도 제압할 정도의 막강한 군사력을 보유한 나라
라고 알고 있습니다."

"그렇습니다. 한국은 프랑스까지 압도할 정도의 동양 최
강대국입니다."

"그런데 한국이 무슨 일이 있는 겁니까?"

"며칠 전 한국의 백작이며 황실특별보좌관이 본국을 방문
했습니다."

　이어서 지금까지 상황을 설명했다.

　그러고는 대진이 건넨 문서를 공손히 바쳤다. 압둘 하미트

2세가 큰 관심을 보였다.

"놀라운 일이군요. 아라비아 동부는 사막과 황무지뿐인데 그런 지역을 넘겨 달라고 이런 제안을 하다니요. 한국이 혹시 다른 복선을 갖고 있는 것은 아닌가요?"

"저희도 그래서 다각도로 검토했습니다. 그렇지만 아직까지 별다른 문제는 없는 것으로 파악되었습니다."

"흐음! 대재상의 생각은 어떤가요?"

"군사력 증강이 필요한 우리의 입장에서는 거부할 필요가 없는 사안이라고 생각됩니다."

"그렇다는 말은 한국이 넘겨주기로 한 소총과 박격포의 위력이 상당하다는 거군요."

"그렇습니다."

에디헴이 평정소총과 박격포의 성능에 대해 설명했다. 그 말을 들은 압둘 하미트 2세가 아주 큰 관심을 보였다.

"대단하군요. 그 정도라면 기존의 우리가 보유한 소총보다 월등한 성능 아닙니까?"

"그렇습니다. 그리고 한국은 동양의 강국인 일본과 청국을 육전에서 연파했습니다. 그런 한국이 보유한 군사기술을 넘겨받는다면 우리 오스만의 전력 증강에 큰 도움이 될 것입니다."

압둘 하미트 2세가 고개를 끄덕였다.

"그렇게 되면 더 바랄 게 없겠네요."

"그리고 한국에 아라비아 동부를 넘겨주면 아라비아반도에서 불온한 행동을 하고 있는 토후들을 견제하는 효과도 거둘 수가 있습니다."

압둘 하미트 2세가 인상을 썼다.

"어느 토후가 가장 문제가 되지요?"

"알 사우드 가문의 네지드 토후입니다."

외무대신 알리가 부언했다.

"네지드의 토후는 우리 오스만에 복종하지 않고 은밀히 세력을 키우고 있습니다. 그래서 불원간 알 라시드 가문의 하일 토후에게 토벌을 지시하려고 합니다."

압둘 하미트 2세가 그 자리에서 지시했다.

"복종을 하지 않는 토후는 용서할 필요가 없습니다. 그러니 바로 하일 토후에게 명령해 토벌하라고 하세요."

"알겠습니다, 폐하."

알리는 인사하고 물러섰다.

대재상 에디헴이 다시 나섰다.

"폐하께서 화력 시범을 참관해 보시겠습니까?"

그 말에 압둘 하미트 2세가 반색했다.

"그게 좋겠습니다. 내가 직접 화기 시범에 참관하지요. 아라비아 동부에 대한 결정은 그 이후에 하도록 합시다."

"알겠습니다. 바로 준비하겠습니다."

사흘 후.

화기 시범이 다시 열렸다. 대재상 이브라임 에디헴은 이 화기 시범에 일부러 많은 사람을 초대했다.

가장 먼저 압둘 하미트 2세가 참석했다. 이어서 오스만 내각의 모든 대신들과 지난번보다 훨씬 많은 군 지휘관들을 참석시켰다.

이렇게 된 데에는 대진의 대재상 공략이 주효했기 때문이다.

대재상이 오스만 황제를 만나고 나온 날 오후.

대진은 이무성과 대재상의 집무실을 찾았다.

대재상이 환대했다.

"어서 오십시오."

"바쁜데 찾아뵌 것은 아닌지 모르겠습니다."

"아닙니다. 마침 시간이 비어서 차를 마시려고 하던 참이었습니다."

대재상이 하인을 불러 홍차를 내오게 했다. 대진은 대재상과 차를 마시며 잠시 한담을 나눴다.

"그래, 무슨 일로 나를 찾아오신 겁니까?"

"제가 한 제안으로 오스만의 황제 폐하를 뵌 것으로 압니다. 그래서 어떤 결과가 나왔나 궁금하여 찾아뵈었습니다."

"역시 그랬군요. 그렇지 않아도 그 일로 귀국 공사관에 사람을 보내려고 했습니다."

대재상이 화력 시범에 대해 설명했다.

"……이렇게 되었으니 귀국에서도 미리 준비해 놓도록 하시지요."

"알겠습니다."

대진이 슬쩍 떠봤다.

"귀국의 황제께서 시범을 보겠다는 말씀을 하신 것을 보니, 진행이 잘되나 봅니다."

대재상은 확답하지 않았다.

"아직은 뭐라고 드릴 말씀이 없군요."

그때 대진이 의외의 발언을 했다.

"파샤께서 잘 알고 계시는 상인이 있습니까?"

에디헴이 의아해했다.

"있기는 합니다만 무슨 일로 그러시는지요?"

"만일 일이 계획대로 된다면 상인이 많은 일을 해야 합니다."

에디헴이 대번에 관심을 보였다.

"그래요? 무슨 일을 해야 하지요?"

"우선은 본국에서 수송할 총기가 10만 정이나 됩니다. 그뿐만이 아니라 박격포도 실어 와야 합니다. 그리고 총기 제작에 필요한 각종 기자재도 구입해 가야 하지 않겠습니까?"

에디헴이 크게 고개를 끄덕였다.

"그렇군요. 제작에 필요한 기자재를 유럽에서 구매할 수 없으니 귀국에서 매입해야겠군요."

"그렇습니다. 그리고 총기도 외부의 시선이 있어서 우리가 수송할 수는 없습니다. 그래서 그 또한 오스만 상인이 가져와야 하고요."

"그런 문제가 있군요."

"그리고 소모품인 총탄과 박격포탄의 수입도 해 가야 합니다. 초기에 일정 분량은 우리가 무상으로 지급할 것입니다. 하지만 장기적으로는 구매해 가야 하니 그 또한 상인이 필요하지 않겠습니까?"

대재상이 고개를 갸웃했다.

"총탄 제작 기술까지 전수하는 것이 아닙니까?"

"총탄 제작 기술은 별거 없습니다. 그런데 거기에 들어가는 화약이 본국의 기밀 사항이어서 총탄은 구입해 가야 합니다."

"아! 그렇습니까?"

"그러나 걱정은 하지 않아도 됩니다. 본국은 귀국에 총탄을 판매하면서 많은 이익을 남길 생각이 추호도 없습니다. 그래서 총탄 생산에 필요한 경비 정도만 이익을 남기게 할 겁니다. 그렇기 때문에 귀국에서 직접 생산하나 수입하나 부담이 되지 않을 겁니다."

"그렇다면 문제가 없겠군요."

"예, 그렇습니다. 그 대신 상인의 유통 수익은 충분히 거둘 수 있을 것입니다. 그리고 상당 기간은 할 일이 꾸준하게 발생하는 만큼 파샤께서 믿는 사람을 추천해 주셨으면 합니다."

대재상의 얼굴이 환해졌다.

대진이 부정부패를 저지르라는 말을 하지는 않았다. 그러나 아는 상인을 추천하라는 말은 알아서 뒷돈을 챙기라는 의미나 다름없었다.

"무슨 말씀인지 잘 알겠습니다. 제 주변에는 믿을 만한 상인이 꽤 많습니다."

"잘되었군요. 이런 일일수록 신실한 상인이 필요한 법입니다."

"하하하! 당연히 그렇지요."

에디헴이 홍차를 비웠다.

"사흘 후, 시범 일정이 잡혔습니다. 그러니 그날은 공사께서 이 백작을 모시고 참관해 주셨으면 합니다."

이무성이 나섰다.

"당연히 참석하겠습니다."

이후 두 사람은 잠시 대화를 나누고 밖으로 나왔다.

차를 타고 돌아오면서 이무성이 질문했다.

"대재상을 공략할 생각을 처음부터 하신 겁니까?"

대진이 고개를 저었다.

"그렇지는 않습니다. 지난번에 만났을 때 상당히 탐욕스럽다는 느낌을 받았습니다. 그래서 이번 일로 뒷돈을 챙길 길을 만들어 주어야겠다는 생각을 하게 되었지요. 그런데 오늘 만나 보니 그런 생각에 확신이 서서 바로 질러 버린 것입니다."

"잘하셨습니다. 오스만의 대신 중 청렴한 사람은 거의 없다고 해도 과언이 아닙니다."

"세상에 공짜가 어디 있겠습니까? 국익을 위해서라면 더한 뇌물도 주어야 하는데, 이 정도는 아무것도 아니지요."

"맞는 말씀입니다."

그리고 사흘 후.

압둘 하미트 2세가 참석한 화력 시범이 열렸다. 화력 시범에는 대진도 참석해 압둘 하미트 2세를 알현했다.

"동양의 대한제국에서 온 이대진이 모든 무슬림의 칼리프이며 왕 중의 왕인 파디샤를 알현합니다."

대진과 이무성이 무슬림식 인사를 했다.

압둘 하미트 2세가 손을 들었다.

"그만 일어나시오."

"황감하옵니다."

압둘 하미트 2세가 질문했다.

"귀국의 황제께서는 평안하시오?"

"폐하의 염려 덕분에 무탈하십니다."

"다행이오. 오늘 백작 덕분에 좋은 관람을 할 것 같습니다."

"부디 잘 헤아려 보시기 바랍니다."

"그렇게 하지요."

대재상이 슬쩍 나섰다.

"그보다 백작께서 폐하께 직접 설명해 드리지요."

압둘 하미트 2세도 동의했다.

"오! 그게 좋겠네. 어떻게, 가능하겠습니까?"

불감청 고소원이었다. 대진이 바로 대답했다.

"그렇게 하겠습니다."

화력 시범은 절차에 따라 진행되었다.

처음에도 반응이 좋았지만, 두 번째의 화력 시범도 반응은 열렬했다. 특히 처음 참석한 오스만군의 중간 지휘관들의 반응은 뜨거울 정도였다.

압둘 하미트 2세도 연신 고개를 끄덕였다.

"놀랍구나. 이렇게 위력이 뛰어난 소총이 있을 줄 몰랐어."

대재상이 부언했다.

"한국의 기술력이 유럽을 압도하고 있습니다."

"그러네요. 이 소총과 박격포가 진즉에 있었다면 러시아 와의 전쟁에서 패하는 일은 없었을 터인데. 아쉽네요."

"이제라도 늦지 않았습니다. 우리 군이 한국의 평정소총 으로 무장한다면 더 이상의 패전은 없을 것이옵니다."

외무대신 알리도 적극 나섰다.

"영국을 비롯한 유럽 제국들이 눈치채기 전에 도입해야 합 니다. 그러지 않고 시간을 끌다가 외부에 알려지기라도 하면 문제가 될 가능성이 높습니다."

"맞습니다. 영국 등이 외채 상환을 내세운다면 상당히 곤란해질 수가 있습니다."

"으음!"

압둘 하미트 2세가 침음했다. 그는 머릿속에 복잡한 와중에도 소총에 이은 박격포 시범에 눈을 떼지 못했다.

그리고 마침내 시범이 끝났다.

압둘 하미트 2세가 벌떡 일어났다. 그러고는 대진에게 손을 내밀며 감사를 표시했다.

"잘 봤습니다. 다음에 꼭 다시 만났으면 좋겠군요."

"그렇게 되기를 소망합니다."

대진이 손을 맞잡았다. 대진과 악수를 나눈 압둘 하미트 2세는 바로 몸을 돌렸다.

"황궁으로 돌아가십시다. 대재상과 국방대신, 외무대신은 짐을 따라오시오."

"예, 폐하."

세 사람이 오스만 황제의 뒤를 따랐다. 그 모습을 바라보던 이무성이 기대감을 나타냈다.

"오스만 황제가 대재상과 주무대신들과 함께 가네요. 저 정도면 잘되어 가고 있다고 생각해도 되겠지요?"

대진도 기대감을 숨기지 않았다.

"저도 그렇게 생각합니다."

"잘되었으면 좋겠습니다. 외무대신의 말대로 이런 일은 빨리 처리하는 것이 좋은데 말입니다."

대진은 고개를 끄덕이며 멀어져 가는 오스만 황제와 대신들을 한동안 바라봤다.

그리고 이틀 후.

대진은 이무성과 함께 홍차를 마시고 있었다. 그런 이무성의 집무실로 서기관 홍영식이 급히 들어왔다.

"공사님, 대재상의 비서가 금방 찾아왔습니다. 오스만 대재상께서 공사님과 백작님더러 뵙자고 하십니다."

대진이 자리에서 일어났다.

"어서 들어가 봅시다. 아마도 아라비아 동부에 대한 결정이 난 것 같습니다."

두 사람은 서둘러 대재상의 집무실로 갔다. 에디헴이 그런 두 사람을 환한 미소로 반겼다.

"어서 오십시오."

대진은 그의 미소를 보며 일이 잘되었다는 느낌을 받았다. 그랬기에 여느 때보다 더 정중하게 무슬림식 인사를 했다.

"불러 주셔서 감사합니다."

에디헴이 답례하며 호탕하게 웃었다.

"하하하! 아닙니다. 일을 마무리 짓기 위해서는 당연히 모셔야지요."

그의 웃음소리는 여느 때보다 더 호탕했다. 그 바람에 대진의 입가에도 절로 미소가 지어졌다.

"어떻게, 좋은 결론을 내리셨습니까?"

"그렇습니다. 우리 오스만은 귀국의 제안을 전부 받아들이기로 했습니다."

대진이 깜짝 놀랐다.

"전부 말씀입니까?"

"그렇습니다."

대진은 아라비아 동부 해안에서 내륙으로 200킬로미터까지를 원했다. 위의 경계는 쿠웨이트에서 아래로는 카타르반도까지였다.

상당히 넓은 면적이었다.

대진이 이렇게 넓은 면적을 요구한 것은 오스만이 지금까지 버려두고 있었기 때문이다.

그렇다고 전부를 넘겨줄 거라고는 생각지도 못했다. 그래서 줄어들 것을 예상하고 넓은 면적을 요청했는데, 오스만이 전부 넘겨주겠다고 한 것이었다.

"바레인섬과 카타르반도도 함께 말입니까?"

"하하하! 그 지역까지 귀국이 원한 것이 아닙니까?"

"그 지역의 토후들은 어떻게 합니까?"

"바스라와 바그다드 일대로 불러들여 영지를 새로 마련해주려고 합니다."

"아! 토후들의 영지를 옮기시겠다는 거로군요."

"그렇습니다. 그래야 귀국이 관리하기에 좋지 않겠습니까?"

너무도 파격적인 제안이었다.

그러나 문제도 있었다.

"저희야 그렇게 해 주면 더없이 좋지요. 하지만 토후들이 이주를 거부하면 어떻게 합니까?"

대재상이 고개를 저었다.

"그 부분은 조금도 걱정하지 않아도 됩니다. 본국의 황제 께서는 이슬람의 칼리프입니다. 무슬림이 칼리프의 명령을 거부할 수는 없습니다. 더구나 바그다드와 바스라 일대는 비 옥해서 바레인과 카타르의 토후도 이주를 반길 것입니다."

"칼리프의 명령이라면 무슬림은 무조건 따라야 하는 겁니까?"

"당연히 그래야지요. 그러지 않는다면 우리 군이 나서서 가만두지 않을 터인데, 어떻게 견디겠습니까?"

"아! 오스만군도 배치되는군요."

"당연히 그래야지요. 아무리 귀국과 협정을 맺는다고 해 도 현지 원주민들에게 통보해야지요. 그래서 귀국의 통치에 반대한다면 전부 이주시켜야 합니다. 그래야 두 지역의 토후 나 아랍의 다른 부족이 반발하지 않습니다."

대진이 즉석에서 제안했다.

"그렇다면 주민들의 이주비는 저희들이 지원해 주겠습니다."

에디헴의 격하게 반겼다.

"그거 아주 좋은 생각입니다. 귀국이 지원해 준다면 원주민들의 이주는 훨씬 더 쉬워질 것입니다."

"이주도 토후의 이주와 함께 진행하게 됩니까?"

"그렇습니다. 비옥한 티그리스강과 유프라테스강 일대로 이주하게 될 겁니다."

"그 지역에도 원주민이 있을 터인데, 이주민들이 정착해서 농사를 지을 땅은 있습니까?"

"그럼요. 두 강 일대는 오래전부터 곡창지대여서 아무리 많은 이주민도 다 수용할 수가 있지요. 그리고 우리 오스만의 입장에서도 주민들이 한곳에 몰려 있는 것이 통치하기에 좋습니다."

"그러시겠지요."

"그런데 백작께서 지원해 주겠다는 제안에 부탁이 하나 더 있습니다."

"말씀해 보십시오. 제가 들어드릴 수 있는 거라면 최대한 맞춰 드리겠습니다."

"지원하기로 한 소총을 10만 정 더 보내 주십시오. 그리고 소총 제작 공장이 원만하게 돌아갈 수 있을 때까지 기술지원을 해 주어야 합니다."

8장

갑자기 2배의 물량의 소총을 더 달라고 한다. 대진은 잠깐 고심했으나 이건 거부할 성질의 문제가 아니었다.

　그럼에도 분명히 할 것이 있었다.

　"시간이 필요합니다. 갑자기 10만 정의 소총을 마련할 수는 없습니다."

　"당연히 그래야겠지요. 얼마의 시간이 필요하겠습니까?"

　"빠르게 한다면 몇 개월 정도면 되겠네요. 일정은 소총 제작 공장이 가동될 즈음이면 될 것이고요."

　"그 정도면 충분히 기다릴 수 있습니다."

　"귀국이 그런 요청을 하니 우리도 부탁드릴 사안이 있습니다."

　"말씀해 보십시오."

"우선은 협정이 체결되면 그 공표 시기를 내년으로 해 주었으면 좋겠습니다."

"무슨 문제라도 있습니까?"

"문제는 없습니다. 단지 영국과 프랑스 등이 훼방을 놓을 것이 우려되어서입니다."

에디헴이 크게 고개를 끄덕였다.

"충분히 이해합니다. 그 정도 기간이면 되겠습니까?"

"그렇습니다. 그 정도면 아라비아 동부로 본국 병력의 선발대가 파병될 수 있을 터이니까요."

"그렇군요. 그러면 우리도 바스라 총독에게 지시해 카타르와 바레인에 병력과 관리를 급파하라고 지시해야겠네요. 다른 지역도 마찬가지고요."

"감사합니다."

"당연히 해야 할 일입니다. 그런데 10만 정의 소총과 박격포는 언제 공급되지요?"

"귀국과 협정을 맺는 즉시 선적할 수 있도록 준비가 되어 있습니다. 그래서 늦어도 한 달 내에는 도착할 수 있을 것입니다."

대재상 에디헴이 반색했다.

"그거 아주 반가운 말씀이군요. 알겠습니다. 우리 군도 거기에 맞춰 재편해야겠습니다."

이후 두 사람은 각자의 자리에서 협약 내용을 점검했다.

그러고는 일사천리로 협정서를 작성하고 조인까지 마쳤다.

펑! 펑!

대기하고 있던 사진사가 촬영했다. 그러나 몇 개월간은 공표하지 않고 보관하기로 했다.

양국은 빠르게 움직였다.

대진은 본국에 협정 체결 상황을 보고했다. 그러고는 무기선적과 아라비아 동부로의 병력 파견을 요청했다.

오스만제국은 바스라 총독에게 아라비아 동부 일대에 병력을 배치하게 했다. 그러고는 바레인과 카타르 토후에게 관리를 파견했다.

대진은 두 달여를 기다려야 했다.

할양 협정의 발효가 화기의 인계 시점에서 발효되기 때문이다. 그러기 위해 오스만 상인의 상선이 대한제국을 다녀와야 했다.

대진은 이 시간을 알차게 보냈다.

대재상을 비롯한 오스만의 대신들과 수시로 교류를 가졌다. 이러한 교류로 대진은 오스만이 처한 현실을 확실히 체감할 수 있었다.

대한무역 직원의 도움으로 오스만 상인들과도 교류를 가졌다.

이스탄불은 오래된 도시이며 요충지다.

더구나 인구도 많아서 양 대륙의 물산이 모여들었다. 그래서 발칸반도의 동향 파악이 쉬웠으며 거대 자본을 가진 상인도 많아 교역 물량도 컸다.

대진은 이스탄불의 상인과 자주 교류했다. 그러면서 그들에게서 유럽의 화약고인 발칸반도의 정보도 많이 얻어 낼 수 있었다.

3명의 장교들도 바빴다.

이들은 이슬람의 주요 지휘관들에게 대한제국군의 작전교리를 전수해 주었다. 중간 지휘관들에게는 제식과 각개전투 등의 각종 훈련을 교육시켰다.

이렇게 두 달여가 지났다.

이날도 대진은 이스탄불의 전통시장을 둘러보기로 했다. 시장 방문에는 거의 대부분 대한무역 직원들과 동행해 왔다.

대진은 대한무역 직원과 몇 명의 호위를 대동하고 이스탄불에서 가장 큰 전통시장을 방문했다. 바자르(Bazaar)로 불리는 전통시장에는 각종 물건들이 산더미처럼 쌓여 있었다.

이스탄불은 동서양의 문화가 만나는 곳답게 각종 향신료가 지천이었다. 오스만의 특산품인 양탄자 시장도 규모가 엄청났다.

요양 황궁을 건설할 당시에는 오스만이나 페르시아와의 교류가 많지 않았다. 그 바람에 이 지역 특산인 양탄자를 거의 깔지 못했다.

그러다 대한무역 직원이 이스탄불에 상주하면서 그런 부족함을 채워 나갔다. 대한무역 직원들은 황궁에 사용할 양탄자를 대거 주문했다.

양탄자는 전부 수작업으로 만들어진다. 더구나 주문생산이어서 제작 기간이 많이 걸린다.

대진이 찾은 양탄자 상가에는 마침 요양 황궁에서 사용할 양탄자가 들어와 있었다. 대한무역 직원은 양탄자를 매의 눈으로 샅샅이 확인했다.

대진은 양탄자를 보며 감탄했다.

"대단히 화려하고 아름답네요."

이무성도 동조했다.

"그러게 말입니다. 이 정도면 세상 어디에 내놔도 부끄럽지 않을 정도입니다. 그나저나 양탄자를 보니 격세지감이 느껴지네요."

"왜 그런 생각을 하시지요?"

"우리가 처음 조선에 왔을 때만 해도 국가 재정이 최악이었지 않습니까? 나라의 돈이 없어 신규 사업 투자는커녕 관리들 급여조차 주지 못할 정도였고요. 그러나 이제는 오스만에서 최고급 양탄자를 서슴없이 구입할 정도가 되었습니다."

대진도 동조했다.

"말씀을 듣고 보니 그러네요."

이무성이 담담히 소회를 밝혔다.

"불과 십몇 년 만에 우리는 참으로 많은 것이 변했습니다. 동아시아 최빈국에서 최강대국이 되었습니다. 그뿐만이 아니라 영토도 넓어지고 무역이 활성화되어 국가 재정이 풍족해지면서 무엇이든 할 정도가 되었고요. 이번도 그렇지 않습니까? 비록 모래땅이지만 한반도의 절반이 훌쩍 넘는 면적을 매입하게 되었으니 말입니다."

대진의 얼굴에도 뿌듯함이 어렸다.

"모두가 노력한 덕분이지요."

"그렇기는 합니다. 그러나 백작님 같은 분이 있었기 때문에 아라비아 동부를 얻은 것입니다. 그렇지 않았다면 자원 개발권을 얻는 정도로 끝났겠지요."

대진도 모처럼 속내를 밝혔다.

"저도 솔직히 이번 일이 꿈만 같습니다. 저는 솔직히 절반 정도만 얻어도 대성공이라고 생각했었습니다. 그런데 오스만에서 아예 전부를 내주면서 더 많은 것을 얻으려고 하더군요. 그래서 두말하지 않고 그들의 제안을 받아들인 겁니다."

"그만큼 아라비아 동부가 불모지대여서 가능한 일이었겠지요."

대진이 인정했다.

"맞습니다. 그 땅이 쓸모없었던 것이 우리 대한제국에는 천운이었습니다."

"나중에 석유가 발견되면 오스만도 크게 후회하겠지요?"

대진이 고개를 저었다.

"꼭 그렇지는 않을 것입니다."

"다른 복안이 있으십니까?"

대진이 계획을 설명했다.

"지금은 불모의 땅이어서 우리에게 쉽게 넘겨주었지만 그 땅에서 석유가 나오면 상황이 어떻게 변할지 모릅니다. 그래서 저는 아라비아 동부를 개발하기 전에 바그다드주의 모술 지역에 대한 채굴권을 얻어서 유전을 개발하려고 합니다."

이무성이 바로 알아들었다.

"아! 오스만에게 먼저 석유 생산의 수익을 넘겨주려는 것이군요."

"그렇습니다. 그렇게 되면 오스만의 국부도 급격히 불어나게 되어서 국가 경영에도 큰 도움이 될 것입니다. 그런 다음에 바스라 지역도 개발할 것이고요. 그렇게 유전이 먼저 개발되면 오스만도 기를 쓰고 그 지역을 지키려 하지 않겠습니까?"

"당연히 그렇겠지요."

"예, 그런 연후에 적당한 때를 봐서 이제는 중동도가 될 아라비아 동부를 개발하려고 합니다."

"아! 아라비아 동부도 유구처럼 우리의 도(道)로 만들려는 거로군요."

"그렇습니다. 정당하게 매입했으니 당연히 우리가 직할해야지요."

"그렇게 되기 위해서는 이민도 대대적으로 장려해야겠네요."

대진이 크게 고개를 끄덕였다.

"그렇게 해야지요. 우리가 얻은 지역은 원주민도 많이 살고 있지 않습니까? 오스만이 나서서 이주 정책을 펼친다면 그중 상당 숫자가 이주하게 될 것이고요. 그렇게 해서 빈자리를 우리 주민들이 채워야지요."

"인도와 남방의 이주민도 받아들이는 것이 좋지 않겠습니까? 그래야 부족한 인력을 보충할 수 있지 않겠습니까?"

"그 부분은 지역 상황을 정확히 파악하고 나서 결정해도 늦지 않을 겁니다."

"아! 그렇지요. 백작님께서 직접 현지를 둘러보신다고 했지요?"

"예, 이번에 온 김에 아라비아 동부 지역을 샅샅이 훑어보려고 합니다."

"우리 해병 선발대와 함께하시는 겁니까?"

"그렇습니다. 이스탄불로 군사 무기가 들어오는 것과 때를 같이해서 바스라로 선발 병력이 도착할 것입니다. 그 병력과 함께하면 안전에는 문제가 없을 것입니다."

이무성이 우려했다.

"해병이라 해도 사막을 행군하는 것은 어렵지 않겠습니까?"

대진이 고개를 저었다.

"크게 문제 되지는 않을 겁니다. 이번에 넘어오는 병력은 전부가 기병 훈련을 받았습니다. 그래서 이들을 낙타부대로 훈련시킨다면 별문제가 없을 겁니다. 그리고 각 항구마다 해병대들이 주둔할 것이고요."

이런 대화를 나누는 동안 검수 작업이 모두 끝났다. 대진은 고생한 대한무역 직원을 치하하고는 조금 더 시장을 둘러보고 돌아왔다.

이런 대진에게 낭보가 전해졌다.

서기관 홍영식이 전했다.

"백작님, 항구에 무기를 실은 배가 도착했다고 합니다."

"오! 그래요?"

대진이 선걸음에 항구로 건너갔다.

항구에는 보고를 받은 대재상과 몇 명의 오스만 대신이 나와 있었다. 대진이 그들에게 다가가 인사를 했다.

"파샤들께서 나오셨군요."

대재상 에디헴이 대진을 반겼다.

"오! 어서 오십시오, 이 백작. 백작께서도 보고를 받고 오신 것이오?"

"그렇습니다. 전통시장을 둘러보고 오던 길에 보고받아서 바로 왔습니다."

"잘 오셨습니다. 어떻게, 올라가서 확인을 해 보시겠습니까?"

"그렇게 하시지요."

대진과 오스만의 대신들의 갑판으로 올라갔다. 갑판에는
이미 대한무역 직원도 올라와 있었다.

"어서 오십시오, 백작님."

"본국에서 누가 함께 왔지요?"

"중동부장님의 오셨습니다."

한 사내가 앞으로 나왔다.

"오랜만에 뵙습니다, 백작님."

"먼 길을 오느라 고생이 많았습니다."

대진이 그와 악수를 나눴다.

"10만 정을 전부 싣고 온 건가요?"

"아닙니다. 부피도 있고 만일에 대비해서 절반만 싣고 왔
습니다. 하지만 박격포는 전부 가져왔습니다."

"잘했습니다."

대재상이 함장과 대화를 나눴다. 그도 5만 정과 박격포를
싣고 온 이유를 듣고는 만족해했다.

대진이 지시했다.

"상자를 몇 개 열어 보지요."

중동부장이 선적되어 있는 화기 상자를 무작위로 꺼냈다.
그러고는 상자를 개봉하니 그 안에는 기름이 잘 먹은 소총이
들어 있었다.

대진이 대재상에게 권했다.

"확인해 보시지요."

대재상이 소총 몇 개를 들어서 확인하고는 대단히 만족해 했다.

"이 정도면 충분합니다. 관리가 아주 잘되어 있어서 바로 실전에 투입해도 되겠습니다."

"우리는 소총을 자신의 분신처럼 다룹니다. 그리고 어느 정도 사용한 상태여서 작동은 더 편할 것입니다."

"예, 제가 봐도 그런 것 같습니다."

중동부장이 대재상에게 확인했다.

"이제 하역을 시켜도 되겠습니까?"

에디헴이 크게 고개를 끄덕였다.

"그렇게 하시지요."

중동부장이 갖고 있던 서류를 내밀었다. 내용을 확인한 에 디헴이 기분 좋게 날인했다.

중동부장이 오스만 함장을 바라봤다.

"함장님, 이제 하역을 시작하시지요."

오스만 함장이 소리쳤다.

"하역을 시작하라!"

함장의 지시가 떨어지자 대기하고 있던 오스만 인부들이 갑판으로 올라왔다. 인부들은 선적되어 있는 나무 상자들을 하역하기 시작했다.

하역된 나무 상자는 오스만 병사들이 경비를 서고 있는 마 차에 쌓였다. 켜켜이 쌓이던 나무 상자는 어느새 수십 대의 마차를 가득 채웠다.

오스만 장교가 소리쳤다.

"출발하라!"

5만 정의 소총을 한 번에 옮길 수는 없었다. 더구나 박격포도 100문이나 되었다. 그래서 소총은 몇 번에 나눠서 하역해야 했다.

하역된 소총은 항구의 대형 창고에 임시 보관하기로 했다. 그래서 대진과 오스만의 대신들은 모든 물량이 하역될 때까지 기다릴 수 있었다.

마지막 물량이 하역되자 대재상은 한 번 더 서류에 날인을 했다.

"수고했네."

중동부장이 고개를 숙였다.

"감사합니다."

대진이 대재상에게 권했다.

"이만 내려가시지요. 파샤께 도움을 받을 일이 있으니 제가 집무실로 찾아뵙겠습니다."

"그렇게 하십시다."

잠시 후.

대진이 대재상의 집무실을 찾았다.

대재상이 먼저 하례했다.

"축하드립니다. 이제 아라비아 동부의 주인은 귀국입니다."

"감사합니다. 앞으로도 많은 도움 부탁드립니다."

에디헴도 당부했다.

"도와드릴 일이 있으면 당연히 도와드려야지요. 귀국도 영국의 발호를 잘 막아 주셨으면 합니다."

대진이 자신했다.

"걱정 마십시오. 앞으로 오스만은 아라비아 지역에 대해서는 걱정하지 않아도 될 겁니다."

"제가 도울 일이 있다고요?"

"며칠 내로 아라비아 동부를 가 보려고 합니다. 그런데 저와 함께 온 장교들은 교관이 되어서 몸을 뺄 수가 없습니다."

대진이 자신의 일정을 설명했다. 그 말을 들은 대재상이 흔쾌히 동의해 주었다.

"알겠습니다. 백작께서 어디를 다니시더라도 불편하지 않도록 병력을 배치해 드리겠습니다."

대재상이 장교와 사병을 포함한 4명을 배정해 주었다. 대진이 그런 배려에 고개를 숙여 감사했다.

"고맙습니다. 배정된 병력의 보수는 제가 따로 챙겨 주겠습니다."

"하하하! 그렇게 하면 더 고마운 일이지요. 며칠 내로 바스라 총독에게 이번 일의 정리를 위해 내각에서 관리가 내려갈 것입니다. 그 관리와 함께 가시면 더 도움이 될 겁니다."

대재상의 거듭된 호의에 대진이 고마워했다.

"신경을 써 주셔서 감사합니다."

"하하하! 아닙니다. 이제는 국경을 맞대게 될 맹방(盟邦)인데 당연히 도움을 드려야지요."

대재상은 은근히 군사동맹을 맺은 사실을 거론했다. 대진은 그가 왜 이런 말을 하는지 잘 알고 있었기에 웃으며 화답했다.

"우리 대한도 오스만과의 동맹을 위해 최선을 다할 것입니다. 거듭 말씀드리지만 앞으로 아라비아 일대에서만큼은 영국에 대해 걱정하지 않아도 될 것입니다."

"기대가 큽니다."

며칠 후.

대진이 이무성과 인사했다.

"그동안 고마웠습니다. 공사님의 도움으로 이번에 역사에 남을 업적을 남기게 되었습니다."

"모두가 백작님이 애쓰신 덕분이지요."

"우리가 아라비아 동부를 얻었다고 해도 당분간은 살얼음판이나 다름없습니다. 그러니 앞으로도 오스만제국의 동향을 면밀히 지켜봐 주십시오."

"걱정하는 일이 일어나지 않도록 최선의 노력을 다하겠습니다."

두 사람이 굳게 악수를 나눴다.

인사를 마친 대진은 통역을 대동하고 항구로 나갔다. 항구에는 오스만의 관리와 4명의 장병이 대기하고 있었다.

"어서 오십시오."

대진이 이들에게 인사를 했다.

"앞으로 잘 부탁드립니다."

"최선을 다해 모시겠습니다."

보통이라면 이스탄불에서 바스라를 가려면 대개 베이루트까지 배를 타고 간다. 거기서 육로로 바그다드를 지나 바스라로 내려가는 여정을 택한다.

그러나 대진은 이렇게 하지 않았다.

이스탄불에서 바로 수에즈로 내려가서는 홍해를 거쳐 아라비아반도를 돌았다. 그러고는 페르시아만을 가로질러 바스라로 들어갔다.

바스라는 하항이다.

바스라는 오래전부터 무역항으로 이름이 높았다. 이런 바스라에는 중동 특유의 범선이 몇 척 정박해 있었다.

그런 범선 사이에 1,000톤급의 함정도 정박해 있었다. 그 함정의 마스트에는 태극기가 힘차게 펄럭이고 있었다.

해병대 소속 함정이었다.

대진은 태극기를 흐뭇하게 바라봤다. 그런 대진에게 동행한 오스만의 관리가 다가왔다.

"하선하시지요."

"고맙습니다."

대진이 배에서 내려 해병대 소속 함정으로 다가갔다. 갑판에서 항구를 바라보던 해병대 장교가 대진을 확인하고는 급히 뛰어 내려왔다.

"충성! 오랜만에 뵙습니다, 백작님."

대진이 바라보니 낯익은 간부였다.

"이게 누구야? 하정훈 중령이잖아?"

"그렇습니다. 하정훈입니다."

"선발대로 온 거야?"

"예, 제가 지휘하는 수색대 중 2개 중대와 함께 선발대로 먼저 왔습니다."

"전부 기병들이지?"

"맞습니다. 기마에 능숙한 병력만 선발해서 왔습니다."

"본진은 언제 도착하지?"

"내년 2월에 대대 병력 먼저 들어오기로 했습니다. 여단장님도 선발대대와 함께 주베일로 바로 들어오실 것이고요."

"그렇구나. 그렇다면 그 전에 선발대가 주베일로 가서 미리 대기해야겠구나."

"그렇습니다."

"바스라 총독은 만났나?"

"아닙니다. 백작님께서 오실 때까지 대기하라고 해서 기다리던 중입니다."

대진이 오스만 관리를 돌아봤다.

"우리 병력의 선발대입니다. 바스라의 총독을 아직 뵙지 않았나 보네요."

관리가 고개를 숙였다.

"저와 함께 가시지요."

"하 중령! 중대장들을 데려와. 함께 가자."

"예, 알겠습니다."

잠시 후.

이들은 바스라 총독부로 갔다.

대진은 오스만 관리의 소개로 바스라 총독에게 인사했다. 이스탄불로부터 몇 차례 연락을 받은 바스라 총독은 대진과 일행을 크게 환대했다.

그러고는 대진의 요청을 받아 선발대가 가져온 말을 낙타로 바꿔 주었다. 그뿐만이 아니라 사막 여행을 할 수 있도록 길잡이를 포함한 각종 준비를 해 주었다.

대진과 선발대는 낙타가 처음이었다.

하지만 며칠 동안 오스만 장병의 도움으로 낙타를 타는 데 익숙해졌다. 그렇게 만반의 준비를 갖추고는 사막 여행을 시작했다.

처음 들른 곳은 쿠웨이트였다.

쿠웨이트는 항구도시로 무역항이다. 그런 쿠웨이트는 바스라의 속령으로 토호가 다스리고 있었다.

대진이 쿠웨이트 토후를 만났다.

"처음 뵙겠습니다. 대한제국의 백작 이대진이라고 합니다."

"어서 오십시오. 쿠웨이트의 에미르(Amīr) 압둘라 알 사바(Abdullah Al-Sabah)라고 합니다."

바로 옆에 있던 사내도 인사를 했다.

"어서 오십시오. 쿠웨이트에서 장사를 하는 유수프 알 이브라힘(Yusuf Al-Ibrahim)이라고 합니다."

대진은 상인을 주목했다.

'이 사내가 대재상이 말한 쿠웨이트에서 가장 자산이 많은 거상(巨商)이구나.'

"만나서 반갑습니다."

대진이 무슬림식 인사를 했다.

쿠웨이트 토후가 자리를 권했다.

"이리 앉으시지요."

"감사합니다."

대진이 자리에 앉자 물담배와 대추야자가 나왔다. 대진은 능숙하게 물담배를 한 모금 빨고서 치하했다.

"담배 맛이 아주 좋군요."

"괜찮다니 다행입니다."

세 사람은 잠시 담배를 주제로 한담을 나눴다. 그런 한담

끝에 쿠웨이트 토후가 본론을 들어갔다.

"바스라에서 오시는 길입니까."

"그렇습니다. 이번에 오스만제국으로부터 아라비아 동부를 할양받게 되었지요."

대진이 오스만과의 계약 사실을 알려 주었다. 쿠웨이트 토후도 사전에 바스라 총독으로부터 사실을 전해 들었었다.

토후가 고개를 끄덕였다.

"그렇지 않아도 바스라의 총독으로부터 그렇다는 사실은 전해 들었습니다. 그래서 백작님이 오실 때까지 기다리고 있었습니다."

"그러셨군요."

옆에 있는 상인이 나섰다.

"영역은 어떻게 됩니까?"

"쿠웨이트를 경계로 한 남쪽입니다."

대진이 협정 내용을 설명했다.

이브라힘이 고개를 저었다.

"쿠웨이트시에서 20킬로미터를 경계로 하다니요. 그렇게 되면 우리 영역이 대폭 줄어듭니다."

대진도 대강은 알고 있는 사실이었다. 그러나 겉으로는 전혀 모른 척하며 어깨를 으쓱했다.

"우리는 오스만제국이 정해 준 국경선을 기준으로 삼은 것뿐입니다. 그리고 제가 알기로 그 일대는 전부 사막지대인 것으로 아는데요."

이브라힘 상인이 다시 나섰다.

"그렇기는 합니다만 어쨌든 영역인 것은 분명한 사실이지요."

쿠웨이트 토후가 손을 저었다.

"그만하시게. 이스탄불에서 정해 준 국경을 우리가 왈가
왈부할 수는 없는 일이지. 더구나 백작님의 말씀대로 그 지
역은 오아시스조차 없는 황무지가 아닌가."

"그렇기는 합니다만 아쉽습니다."

"어쩔 수 없는 일이지. 그보다 백작님."

"말씀하십시오."

"우리 쿠웨이트가 귀국과 국경을 마주하게 되었으니 앞으
로 많은 도움을 주셨으면 합니다."

"무엇을 도와드리면 되겠습니까?"

"사막에는 노략질을 전문적으로 벌이는 비적(匪賊) 무리가
꽤 있습니다. 이들은 수시로 몰려와 우리 쿠웨이트의 안전에
큰 위협이 되고 있지요. 그래서 들어올 때도 보셨겠지만 도
심 외곽으로 성을 쌓아서 수비를 하고 있는 상황입니다."

대진은 그 말뜻을 바로 알아들었다.

"쿠웨이트의 안전에 도움을 달라는 말씀입니까?"

"그렇습니다."

"오스만의 도움을 받지 않고요?"

토후가 고개를 저었다.

"우리는 비록 바스라주에 속해 있지만 엄연한 자주국입니다. 그런 우리가 오스만의 군사 지원까지 받게 되면 자칫 독립에 손상을 입을 수가 있습니다."

이브라힘 상인도 동조했다.

"맞는 말씀입니다. 오스만이 아무리 종주국이라 해도 우리의 독립을 위해서는 너무 가까이할 수가 없습니다. 그래서 귀국에 지원을 요청하는 것입니다."

대한제국으로서는 나쁘지 않았다. 아니, 길게 보면 쿠웨이트를 보호령으로 삼을 수 있는 빌미를 만들 수 있는 제안이었다.

"좋습니다. 그렇게 하지요. 우선은 선발대의 소대 병력부터 주둔시켰다가 필요에 따라 병력을 증가시키도록 하지요."

쿠웨이트 토후가 반색했다.

"고맙습니다."

"그리고 쿠웨이트 항구를 아랍 교역의 중심 항구로 사용하겠습니다. 그러니 그에 대한 준비도 해 주었으면 좋겠네요."

이번에는 이브라힘이 반색했다.

"알겠습니다."

쿠웨이트 토후는 모래뿐인 땅에 대한 욕심이 별로 없었다. 그렇다 보니 오스만과 대한제국이 체결한 영토 경계에 조금의 이의도 없이 넘어갔다.

그럼에도 대진은 영토 경계에 대한 내용을 한 번 더 확인하는 문서를 작성했다. 쿠웨이트와 협상한 사막지대의 지하에 어마어마한 원유가 매장되어 있기 때문이다.

이전 사정을 모르는 쿠웨이트 토후와 이브라힘 상인은 문서에 기분 좋게 서명했다.

대진은 대만족했다.

쿠웨이트는 오스만이 적극 지원해서 토후가 되었다. 그래서 오스만제국은 쿠웨이트를 바레인 · 카타르와 달리 취급하고 있었다.

그런 쿠웨이트와도 너무도 자연스럽게 영토경계를 정리했다. 대진은 쿠웨이트를 소대 병력을 우선적으로 주둔시켰다.

그러고는 바스라에 있던 해병대 함정을 쿠웨이트 항구로 이전시켰다. 이러한 대진의 즉각적인 조치에 쿠웨이트 토후는 크게 기뻐했다.

덕분에 대진의 행보는 가벼웠다.

대진은 길잡이의 안내를 받아 아라비아 동부의 오아시스를 빼놓지 않고 둘러봤다. 그러면서 해를 넘기면서 한 달 보름여 만에 주베일에 도착했다.

주베일은 오래된 항구로 원주민 수백 명 모여 살고 있었다. 그러나 아라비아 동부의 다른 항구와 마찬가지로 포구는 형편없이 작았다.

대진은 오스만 장교와 길잡이의 도움으로 촌장의 집에서 여장을 풀 수 있었다.

그렇게 며칠을 쉰 대진은 바로 옆에 있는 담맘(Dammam) 항구까지 둘러보고 돌아왔다.

며칠 후.

대진이 촌장의 집에서 휴식을 취하고 있을 때, 하정훈 중령이 안으로 급히 들어왔다.

"백작님, 여단장님과 1대대 병력을 실은 배가 들어오고 있습니다."

대진은 반가운 마음에 급히 밖으로 나갔다.

촌장의 집은 포구의 옆이어서 다가오는 선박이 한눈에 들어왔다. 그런 선박의 중앙에는 태극기가 휘날리고 있었다.

하정훈이 뿌듯해했다.

"태극기를 보니 왠지 가슴이 벅차오릅니다."

"맞아. 이런 곳에서 펄럭이는 태극기를 보면 절로 가슴이 울려."

주베일의 포구가 작아 1,000톤급 함정이 외양에서 닻을 내렸다. 그러고는 병력을 태운 몇 척의 보트가 내려져서는 해안으로 다가왔다.

잠시 후.

여단장을 비롯한 병력이 상륙했다. 대진이 포구에서 기다리다가 그들을 반갑게 맞이했다.

"어서들 와."

여단장은 대진의 후배였다.

"충성! 오랜만에 뵙습니다, 백작님."

대진이 손을 내밀었다.

"오느라 고생 많았다, 장태수 여단장."

장태수 대령이 환하게 웃었다.

"중동에 우리 영토가 생겼다는 생각에 솔직히 힘든 줄도 몰랐습니다."

"그랬구나."

"그나저나 대단하십니다. 이번에도 정말 큰 공을 세우셨습니다. 싸우지 않고 이기는 것이 최상이라고 했는데, 이게 벌써 몇 번째입니까?"

그 말에 대진이 고개를 저었다.

"이번은 나 하나의 힘으로는 만들어 내기에는 어려운 일이었어. 내가 잘하기도 했지만 그만큼 우리나라의 위상이 높아졌다는 의미라고 봐야 해."

장태수가 호탕하게 웃었다.

"하하! 그렇기는 합니다. 그리고 본국에서 백작님의 승작을 논의하는 것으로 압니다."

대진의 눈이 커졌다.

"그래?"

"백작님의 노력으로 진주만에 이어 중동까지 확보했지 않았습니까? 진주만은 해양영토의 최고 거점이고, 중동은 자원 부국의 거점이니만큼 그런 논의가 있는 것으로 압니다."

"고마운 말씀이지만 공연히 시기를 받을 것 같아 걱정이네."

장태수가 펄쩍 뛰었다.

"천만의 말씀입니다. 백작님이 이룩하신 공적이 얼마나 대단한지 모르는 사람이 어디 있습니까? 다른 것은 차치하더라도 이번에 얻은 지역이 어떤 보물단지인지 모르는 사람은 없습니다. 조금도 걱정하지 마십시오."

대진이 고개를 저었다.

"그렇지 않아. 세상일이라는 것이 콜럼부스의 계란인 경우가 많아. 이번 일도 내가 잘한 것도 있지만 우리 국력이 그만큼 신장되었기 때문에 성공할 수 있었던 거야."

"그래도 백작님이 하셨기 때문에 성공할 수 있었던 겁니다."

"모두가 그런 생각을 가졌으면 좋겠지. 하지만 세상사가 멀리서 보면 희극이지만, 가까이서 보면 비극인 경우가 많다고 하잖아. 공연이 승작이 거론되면서 일이 이상하게 흘러가지나 않을지 걱정이야."

"에이, 그럴 일은 절대 없을 겁니다."

대진이 분위기를 털어 냈다.

"자! 그건 나중의 일이니 우리는 당면 과제나 풀어 가자고."

"예, 알겠습니다."

대진은 장태수와 지휘관들을 촌장의 집으로 안내했다. 그러고는 촌장을 비롯한 이슬람 사람들을 인사시켰다.

이날은 선발대대가 하루 종일 하역 작업에 매달렸다. 그리고 다음 날부터 원주민들이 이주해 간 빈집을 활용해 가며 주둔지를 확보했다.

그렇게 며칠의 시간이 지났다.

이러던 중 원주민 몇 사람이 촌장의 집으로 찾아왔다. 촌장이 그들과 대화를 나누고서 대진에게 데려왔다.

"이 사람들은 누구입니까?"

"이들은 베두인족들로 부대에서 일하고 싶다고 해서 찾아왔습니다."

"베두인족이라면 사막 부족 아닌가요?"

촌장이 놀랐다.

"오! 백작님도 이들이 사막에서 사는 부족이란 것을 아시는군요."

"잘은 모르고 여기 와서 들었습니다."

"베두인족은 본래 유목을 하고 삽니다. 그런데 사막이라는 곳이 유목으로 살아가기가 워낙 척박해서 여러 일을 하지요. 베두인족은 특히 성격이 거칠고 싸움을 잘해서 용병으로 활동을 많이 합니다."

"용병이요?"

"그렇습니다. 베두인은 추적의 달인들입니다. 그래서 사막에서는 발자국만 봐도 어떤 사람들이 지나갔는지를 알아챌 정도지요."

"호오! 놀라운 능력을 갖고 있군요."

촌장이 베두인에 대한 설명을 한동안 해 주었다.

설명을 듣던 대진이 고개를 갸웃했다.

"그 정도로 전투력이 뛰어나다면 나라를 건국해도 될 정도인데 그들이 세운 나라가 없습니까?"

촌장이 고개를 저었다.

"아쉽게도 없습니다. 베두인은 철저하게 가족 중심, 씨족 중심으로만 생활을 합니다. 그래서 같은 베두인이라 해도 서로 배척하고 심지어는 원수같이 지내는 경우가 많습니다."

"뭉쳐지지가 않는다는 말이군요."

"그렇습니다. 하지만 상하관계가 확실해서 용병이 되면 누구보다 충성을 다하지요."

"아라비아에 베두인이 많습니까?"

"모든 지역에 퍼져 있다고 해도 과언이 아닙니다. 그래서 베두인만 장악할 수 있으면 아라비아반도를 통일할 수 있다는 말도 있지요."

"그 정도입니까?"

촌장이 의미심장한 말을 했다.

"귀국이 이곳을 제대로 통치하고 싶다면 베두인족을 잘 활용하세요. 그러면 의외로 쉽게 통치를 할 수 있을 겁니다."

대진이 침음했다.

"음!"

잠시 고심하던 대진이 확인했다.

"전투에 능해서 용병으로도 제격이라고 했지요?"

"그렇습니다."

"알겠습니다."

대진이 베두인족을 바라봤다.

"그대들이 베두인족이라고요?"

"그렇습니다."

"함께하는 부족의 인원이 많습니까?"

"스무 가정에 200여 명 됩니다."

"그중에 남자들은 얼마나 되지요?"

"50여 명 됩니다."

"용병으로 뛸 수 있는 숫자는 얼마나 되지요?"

베두인족이 가슴을 두드렸다.

"우리들은 어렸을 때부터 총과 칼을 들고 삽니다. 그래서 남자라면 누구나 전사라고 해도 과언이 아닙니다."

"우선은 돌아가서 기다리세요. 우리들이 회의를 해서 어떤 식으로 고용을 할지를 결정해 결과를 알려 주겠습니다."

베두인족이 머리를 조아렸다.

"어떤 일이든지 최선을 다하겠습니다. 그러니 부디 우리들을 고용해 주셨으면 합니다."

"알겠습니다. 그 부분도 참고하지요."

베두인족은 몇 번이고 인사하고 돌아갔다.

그들이 돌아가자 장태수가 바로 나섰다.

"용병으로 고용하시려는 겁니까?"

대진이 생각을 밝혔다.

"이이제이라는 말도 있잖아. 우리가 아무리 적응을 잘한다
고 해도 사막에서는 저들보다 뛰어날 수는 없어. 충성심만 확
보된다면 우리 병력보다 비용도 훨씬 적게 들어가지 않겠어?"

장태수도 이해가 되었다.

"만일에 발생할지 모를 불상사에도 대비하자는 거군요?"

대진이 동의했다.

"그렇지. 지금이야 처음이니까 얼떨결에 지나갈 수가 있
겠지. 그러나 시간이 지나면 우리를 경원하는 자들이 나올
수밖에 없어. 여기는 누가 뭐라고 해도 아랍인의 땅이잖아."

"맞습니다. 사막 부족 중에 배타적인 부족은 우리 진출에
대놓고 반발할 수도 있습니다."

"맞는 말이야. 그러한 때 우리가 직접 나서는 것보다 베두
인을 앞세우는 것이 좋지 않겠어?"

장태수도 적극 동조했다.

"좋은 생각입니다. 우리가 직접 나서는 것보다 베두인 용
병이 나서면 좋지요."

"그래. 우리는 최후의 보루로 남아 있는 것이 좋아. 그렇
지 않고 우리가 직접 나서서 아랍 부족과 싸운다면 자칫 점
령군으로 인식되면서 아랍 전체와 싸울 수도 있어. 그렇게

되면 최악이잖아."

"무슨 말인지 잘 알겠습니다."

대진이 몸을 돌렸다.

"그만 들어가자. 들어가서 베두인족을 어떻게 활용할지에 대해 논의해 보자."

대진과 장태수, 그리고 해병 지휘관들은 며칠 동안 베두인의 활용 방법에 대해 논의했다.

그렇게 논의를 마친 대진은 촌장에게 베두인의 부족장을 불러오게 했다.

검은색 아랍식 복장을 한 베두인 족장이 몇 명의 부족민과 함께 찾아왔다. 대진은 그들에게 정중하게 인사를 하고는 자리를 권했다.

대진이 먼저 질문했다.

"우리 대한제국이 아라비아 동부를 오스만제국으로부터 할양받은 사실은 알고 있습니까?"

베두인 부족장이 대답했다.

"예, 지난해 연말 오스만의 관리가 우리 부족이 사는 오아시스에 와서 통보해 주었습니다. 그 후에 그대들이 우리 오아시스를 들렀다 가면서 확실히 알게 되었지요."

"그렇군요. 우리가 아라비아 동부로 진출한 것에 대한 거부감은 없습니까?"

베두인 부족장이 무슬림식 손짓을 했다.

"모두가 알라의 뜻대로입니다. 더구나 오스만의 칼리프께서 결정하신 일이니 무슬림인 우리는 당연히 거기에 따라야지요."

대진이 안도했다.

"그렇군요. 다른 베두인족도 같은 생각을 하고 있나요?"

베두인 부족장이 고개를 끄덕였다.

"우리와 통교하는 부족들은 전부 그렇게 생각하고 있습니다. 하지만 우리가 모르는 부족이 어떤 생각을 하고 있는지는 알 수가 없습니다."

"그렇군요."

장태수 여단장이 나섰다.

"우리는 베두인족만으로 구성된 용병부대를 창설하려고 합니다. 이 용병부대에 지원할 인원은 얼마나 됩니까?"

베두인 부족장이 대번에 반색했다.

"우리를 용병으로 고용하시겠다는 말씀입니까?"

"그렇습니다. 단, 적격심사를 통과한 인원에 한해 고용할 계획입니다."

"당연히 그렇게 해야겠지요. 우리 부족은 50명 정도 됩니다. 그중 나이가 많은 사람은 10명 정도 되고요. 다른 부족도 다소의 차이가 있지만 그 정도 수준일 겁니다."

"용병이 되려면 무엇보다 절대적인 충성심이 있어야 합니다. 그 점에 대해서는 부족장께서 책임지실 수 있겠습니까?"

베두인 부족장이 자신했다.

"물론입니다. 우리 부족은 철저하게 상관에게 충성해야 한다는 인식을 갖고 있습니다."

대진이 나섰다.

"우리 병력도 상당한 숫자입니다. 거기에 베두인 병력까지 하면 훨씬 더할 것이고요. 그렇게 많은 부대가 장기적으로 주둔하려면 어디가 좋겠습니까?"

베두인 부족장이 바로 대답했다.

"그야 당연히 알 하사(al-Ahasa)이지요."

"알 하사가 어디쯤 되나요?"

"알 하사는 이곳에서 멀지 않은 오아시스입니다. 지금은 2~3만 명이 거주하고 있지만 한때는 10만 명이 거주할 정도로 물이 풍부한 곳이지요."

다른 부족민이 부언했다.

"쌀농사도 지을 수 있습니다. 그리고 대추야자가 수천만 그루가 있을 정도로 물이 풍부합니다."

대진이 깜짝 놀랐다.

"사막에서 쌀농사를 지을 수 있다고요?"

"그렇습니다. 앞으로 얼마나 많은 병력이 주둔할지 모르겠습니다. 그렇지만 알 하사에는 아무리 많은 병력이라도 수용이 가능합니다."

"그곳의 토후는 없습니까?"

"과거에는 있었지만 지금은 없습니다."

대진이 다시 확인했다.

"알 하사가 여기서 얼마나 걸리지요?"

"음! 서양의 도량형으로 120킬로미터 정도입니다."

"짧은 거리는 아니네요."

"알 하사를 본거지로 만들려면 여기보다는 담맘을 배후 항구로 만드는 것이 좋습니다."

"그래요?"

"예, 담맘에서 알 하사까지는 여기보다 절반 정도밖에 안 되거든요."

장태수가 크게 기뻐했다.

"백작님, 그 정도 거리면 최고의 입지네요."

"그러네. 온 사방이 사막인데 그렇게 큰 오아시스가 있다는 것이 놀랍네. 더 놀라운 건 토후가 없다는 사실이 신기할 지경이야."

"그러게 말입니다."

베두인 부족장이 부언했다.

"토후는 없습니다만 상인도 많고 지주도 꽤 있습니다. 앞으로 알 하사를 잘 통치하시려면 그들을 잘 관리해야 할 겁니다."

"본국은 경자유전(耕者有田)의 원칙을 철저하게 신봉합니다. 그래서 땅이 많은 지주가 소작을 주지 못하도록 관리하지요."

베두인 부족장이 깜짝 놀랐다.

"지주의 땅을 강제로 빼앗는다는 말씀입니까? 그렇게 하면 반발이 극심할 터인데요. 그리되면 감당하기 쉽지 않을 겁니다."

대진이 고개를 저었다.

"강제로 빼앗지는 않고요. 정당한 대가를 주고 매입할 겁니다. 그렇게 해서 매입한 토지는, 토지가 없는 사람에게 일정 면적을 유상분배 해 줄 것입니다."

"유상분배라면 어떻게 합니까?"

"10년이나 20년의 기간을 주어서 토지 대금을 상환받습니다."

그 말에 베두인 부족장이 격하게 반겼다.

"그거 아주 좋은 방법이네요. 그렇게 하면 토지를 매입하는 사람도 정당해지고 농민들도 고르게 잘살 수 있겠습니다."

"예, 맞습니다."

대진이 본토에서의 경험을 설명해 주었다. 그 말을 들은 베두인 부족장은 기뻐하면서 그 자리에서 결정했다.

"놀랍도록 공정한 정책이군요. 알겠습니다. 우리 베두인은 무조건 협조하겠습니다. 그리고 필요한 인원이 얼마인지 알려 주시면 이웃 부족에 연락해서 지원하도록 만들겠습니다."

장태수가 계획을 설명했다.

"우선은 2개 중대 병력을 모병해서 훈련시켜서 배치하겠습니다. 그러다 우리 병력이 전부 들어오면 용병대대를 편성할 것이고요. 그러니 부족장께서는 거기에 맞춰 인원을 충당해 주시지요."

장태수가 모집할 병력 숫자를 알려 주었다. 베두인 부족장이 한 번 더 확인했다.

"그 인원만 있으면 됩니까?"

"아닙니다. 지금은 초기여서 그 병력만 모집하지만 길게 보면 베두인족만으로 여단을 운용할 것입니다."

"그러면 인원이 많이 필요하겠군요."

"그렇습니다."

"알겠습니다. 저희도 거기에 맞춰 최고의 인재들을 추려 보겠습니다."

장태수가 고마워했다.

"말씀만 들어도 감사합니다. 지금도 그렇지만 부족장님께 앞으로도 많은 부탁을 드리겠습니다."

베두인 부족장이 고개를 저었다.

"별말씀을 다 하십니다. 우리를 믿고 선발해 주는데 당연히 도움을 드려야지요."

"그리고 낙타가 많이 필요한데, 구입할 수 있겠습니까?"

베두인 부족장이 기뻐했다.

"물론입니다. 우리 베두인은 유목을 주업으로 해서 낙타와 양을 대량으로 키우고 있습니다."

"그러면 잘되었군요. 앞으로 우리 부대의 낙타는 베두인 족들이 책임져 주시지요."

베두인 부족장이 환하게 웃었다.

"알겠습니다. 가장 크고 튼튼한 놈들만 골라서 가져오겠습니다."

모두가 환하게 웃었다.

베두인족은 일자리가 필요했다.

반면에 대한제국은 베두인족으로 용병부대를 운영할 계획이었다. 이렇듯 양측의 이해관계가 맞물리면서 일은 일사천리로 진행되었다.

베두인 부족장은 다음 날 당장 50여 명을 부족민과 100여 마리의 낙타를 몰고 왔다. 장태수는 해병대 장교들에게 이들의 체력 측정을 하게 했다.

체력 측정은 이틀 동안 진행했다.

놀랍게도 나이가 많은 베두인족도 체력 측정에 전부 통과했다. 당연히 베두인족 모두 용병으로 채용했으며 100여 마리의 낙타도 적절한 값을 주고 구매했다.

선발대대 병력은 말을 탈 줄 알았다. 그러나 방법이 달라서 모든 병력이 낙타 타는 법을 새로 익혀야 했다.

대진과 장태수는 주베일에 소대 병력만 주둔시켰다. 그러고는 남은 병력과 타고 온 배를 담맘으로 이동시켰다.

그러고는 1개 중대와 베두인 용병과 통역을 대동하고 알 하사로 넘어갔다. 베두인 부족민의 말대로 담맘에서 알 하사까지는 가까워서 몇 시간 만에 도착할 수 있었다.

아라비아사막은 모래만 있는 것이 아니다. 거친 황무지도 많았으며 오아시스 주변으로는 황토로 된 구릉지도 있었다.

알 하사도 주변에 얕은 황토 구릉이 늘어서 있었다. 그런 언덕을 몇 개 넘으니 갑자기 야자나무숲이 드넓게 펼쳐졌다.

한나절 동안 황토와 모래만 보고 걸었다. 그런 사막에서 갑자기 숲을 보니 절로 탄성이 터졌다.

"이야! 대단하구나."

황토 능선에서 내려다보는 알 하사는 초록 숲이 끝없이 펼쳐져 있었다. 그런 초록 숲의 중간에 도시가 상당히 넓게 형성되어 있었다.

장태수도 감탄했다.

"대단하네요. 사막 한가운데 숲이라고 부를 정도의 나무 군락을 보게 될 줄 몰랐습니다. 이 정도면 베두인 부족장의 말대로 수십만이 살아도 물 걱정은 하지 않겠습니다."

대진도 동조했다.

"그러게. 대추야자가 수천 만 그루라고 하더니 정말이었어."

능선에서 내려다본 알 하사는 지평선까지 숲이 뻗어 있었다. 그런 놀라운 광경을 대진은 능선에서 한동안 내려다봤다.

"그만 내려가시지요."

"그러자."

장태수가 소리쳤다.

"자! 다시 이동하자. 출발!"

대진 일행이 다시 이동했다. 그렇게 얼마를 내려가니 수십 명이 낙타를 타고 달려왔다.

장태수가 손을 들었다.

"정지!"

대진 일행이 멈춰 섰다.

알 하사에서 달려오던 병력도 이내 속도를 줄이고서 다가왔다. 가까이 다가온 이들은 대진과 해병대를 보고는 몇 명이 앞으로 나왔다.

그중 한 명이 소리쳤다.

"한국에서 오신 분들입니까?"

장태수가 나섰다.

"그렇습니다. 우리는 한국의 해병대 병력이고 여기 이분은 백작님이십니다."

"아! 그러시군요. 잘 오셨습니다. 저는 본국 정부의 명령을 받고 파견된 알리라고 합니다."

"오스만의 관리셨군요."

오스만 관리가 대답했다.

"그렇습니다. 알 하사는 아라비아 동부에서 가장 큰 도시입니다. 그런 도시를 제대로 인수인계 해 드리기 위해서 기다리고 있었습니다. 여기 이 사람들은 현지 관리이고 주둔 병력들입니다."

"잘 부탁드립니다."

"최선을 다해 업무를 인계해 드리겠습니다."

"고맙습니다."

오스만 관리가 동행자들을 소개하고는 대진 일행을 알 하사로 인도했다. 대진이 안내된 곳은 알 하사의 중앙에 있는 커다란 건물이었다.

"알 하사의 관청입니다."

"건물이 상당히 크군요."

"알 하사에서 바레인과 카타르까지 관장하고 있었습니다. 그래서 보시는 대로 관청 건물도 상당한 규모이지요."

오스만 관리의 설명대로 황토를 이겨서 만든 건물은 상당히 컸다. 대진이 관청 건물 안으로 들어가니 의외로 덥지 않았다.

"내부가 시원하군요."

옆에 있던 현지 관리가 설명했다. 현지 관리는 놀랍게도 영어에 아주 능통했다.

"이 주변은 비가 거의 오지 않습니다. 바다에서도 멀어서 습하지도 않지요. 그래서 아무리 한여름이라도 그늘은 시원한데 이 건물은 벽이 두꺼워서 더 시원합니다. 더구나 지금은 겨울이고요."

"그렇군요. 관청에서 일하는 관리가 몇 명이나 되지요?"

"정식 직원은 20여 명 됩니다. 그런 직원의 일을 도와주는 사람까지 합하면 50여 명이 되고요."

"주로 무슨 일을 합니까?"

"세금 징수를 비롯한 여러 업무를 하고 있습니다."

현지 관리가 자신들의 업무를 설명했다. 그 말을 듣던 대진은 의외란 표정을 지었다.

"인구 관리도 하고 있습니까?"

"그렇습니다. 이 지역은 바스라주에 속한 영역이어서 당연히 관리하고 있습니다."

"바레인과 카타르도 관리하고 있다는 말이군요?"

"물론입니다. 바레인에는 본래 토후가 없었습니다. 그러다 80여 년 전부터 알 칼리파 가문이 토후가 되었지요. 카타르는 그 이전부터 토후가 존재하고 있었고요."

"두 지역 토후의 이주는 어떻게 되어 가고 있습니까?"

"카타르 토후가 처음에는 반발했습니다. 처음 그들이 우리 오스만에 편입된 것도 협의에 의한 합병이었지요. 그래서 상당한 정도의 자치권을 부여하고 있었고요. 거의 세금만 내면 관여하지 않을 정도로요."

"오스만이 정복했던 것이 아니라는 말씀이군요?"

이번에는 오스만 관리가 나섰다.

"당연히 정복하려고 했습니다. 그런데 페르시아의 도발에 불안을 느끼고 있던 카타르 토후가 먼저 몸을 숙이고 들어왔지요. 우리 오스만은 먼저 항복한 토후를 관대하게 대해 주고 있습니다."

현지 관리가 설명을 이어 갔다.

"카타르 토후와는 이주 문제로 몇 차례 협의를 했습니다. 그런데 나름 최고의 자치를 누리고 있던 터라 쉽게 이주하지 않으려고 하더군요. 그래서 약간의 협박을 가했습니다."

대진의 눈이 커졌다.

"너무 심한 말을 한 것은 아니겠지요?"

"그렇습니다. 단지 한국에서는 지금처럼의 자치권을 보호해 주지 않는다고 했습니다. 그뿐만이 아니라 토후 가문에 대한 예우도 없다고 했고요."

대진은 쓴웃음을 지었다. 그런 모습을 본 현지 관리가 크게 당황해했다.

"제가 잘못한 것입니까?"

본래 잘못한 것이 맞다.

대진은 영토에 대한 권리를 포기한다면 일정 부분 자치권을 인정해 줄 계획이었다. 그러나 잘되려고 한 말을 갖고 탓할 수는 없었다.

대진이 손을 저었다.

"아닙니다. 잘했습니다. 계속해 보시지요."

현지 관리가 한숨을 쉬고는 말을 이어 나갔다.

"제 말이 효과가 있었는지 토후가 그때부터 급격히 마음이 기울었습니다. 그래서 토후를 추종하는 주민 모두를 이주시켜 주겠다는 조건으로 합의했습니다. 거기다 귀국이 지불하겠다는 이주 보상금도 받아들이기로 했고요. 그래서 연초부터 본격적인 이주가 진행되고 있습니다."

"잘하셨습니다. 바레인은요?"

"바레인은 작은 섬이지만 토후의 힘이 의외로 상당합니다. 그러나 진주 양식을 제외하면 먹고살 길도 별로 없지요. 더구나 주민들과는 종파가 달라서 상당한 반목이 있어 왔고요. 그래서 좋은 땅으로 이주해서 지위를 인정해 준다는 조건에 쉽게 합의했습니다. 덕분에 지금은 수도였던 섬이 거의 비워진 상황입니다."

대진이 장태수를 돌아봤다.

장태수가 바로 대답했다.

"담맘에 연락해서 바레인으로 중대 병력을 보내라고 하겠습니다."

현지 관리가 나섰다.

"귀국 병력만 들어가는 것은 분란의 소지가 있습니다. 그러니 바레인에 들어갈 때 우리 관리와 병력이 동행하겠습니다."

대진이 승인했다.

"그렇게 하시지요. 그리고 오스만 병력은 알 하사에 얼마나 주둔하고 있습니까?"

"대대 병력이 주둔 중에 있습니다."

"의외로 병력이 많군요."

"알 하사에서 이 지역 전체를 관리하고 있기 때문입니다. 바레인과 카타르까지 관리하려면 병력이 많아야 합니다. 그리고 이 알 하사에는 비적들이 수시로 침략해 옵니다. 그런 비적들을 유효적절하게 제압하기 위해서라도 일정 병력은 반드시 주둔해야 하지요."

"그렇군요. 쿠웨이트에서도 토후가 비적 때문에 아군의 주둔을 원했지요. 이곳 알 하사도 비적들의 출몰이 잦은 겁니까?"

"쿠웨이트는 무역항입니다. 그래서 도시 규모가 작지만 돈이 많은 지역이어서 비적의 출몰이 잦을 겁니다. 이곳 알 하사는 반대로 사막의 곡창지대라고 해도 과언이 아닙니다. 사람이 많이 살고 있다는 말씀이지요. 덕분에 비적이 자주 찾지는 않지만 한 번 쳐들어오면 각오하고 오기 때문에 숫자가 상당합니다."

"지금까지 비적 때문에 피해를 입은 적은 없습니까?"

"우리 군이 주둔한 이후로는 없습니다."

"오스만군은 알 하사에서 징병한 병력인가요?"

오스만 관리가 고개를 저었다.

"아닙니다. 정규군이어서 인수인계를 마치고 나면 바스라로 철수할 예정입니다."

그때 현지 관리가 나섰다.

"업무 인수인계는 어떻게 해야 합니까? 그리고 저희들은 어떻게 되는 것이고요?"

대진이 즉각 대답했다.

"당분간 군정이 실시될 예정입니다. 그러니 업무는 우리 군에 인수해 주면 됩니다. 그리고 현지 관리는 문제가 없는 한 전부 재고용할 계획입니다."

현지 관리의 안색이 환해졌다.

"감사합니다."

"하지만 최대한 빠른 시일 내에 우리말과 글을 배워야 합니다. 그러지 않고 우리말을 제대로 배우지 못하면 능력이 아무리 출중해도 함께 일할 수 없습니다."

현지 관리가 크게 고개를 끄덕였다.

"당연히 그렇게 해야지요. 이제 이 지역은 귀국의 영토인데 관리가 되려면 귀국의 말과 글을 배우는 것은 당연합니다. 헌데 귀국은 종교로 탄압하지는 않습니까?"

대진이 고개를 저었다.

"우리 대한제국에는 포교와 신앙의 자유가 있습니다. 그래서 혹세무민하지 않는 한 어떤 종교라도 탄압하지 않습니다."

그 말에 현지 관리의 안색이 대번에 환해졌다.

9장

현지 관리가 상황을 설명했다.

"알 하사에는 시아파교도들이 많습니다. 그래서 알 사우드 가문이 알 하사를 지배할 때는 많은 탄압을 받았습니다. 그러다 오스만이 다시 통치하기 시작한 15년 전부터 포교와 신앙의 자유를 누리고 있지요. 귀국이 알 하사를 제대로 통치하려면 시아파에 대한 처리를 분명히 해야 합니다."

대진이 거듭 강조했다.

"다시 말씀드리지만 우리 대한제국은 오스만보다 더한 종교의자유를 인정하고 있지요. 그뿐만이 아니라 종교나 종파에 따른 차별적인 세금도 매기지 않고요. 그러니 그 부분은 전혀 신경 쓰지 않아도 됩니다."

현지 관리가 몸을 숙였다.

"모든 일이 알라의 뜻대로. 알겠습니다. 그러면 최대한 빨리 시아파의 지도자를 모셔 오도록 하겠습니다."

"그렇게 하세요. 그리고 바스라나 바그다드로 이주하겠다는 원주민은 없습니까?"

"꽤 됩니다. 특히 오스만의 통치와 함께 넘어온 주민들은 전부 돌아갈 준비를 하고 있습니다."

오스만 관리가 부언했다.

"그들 대부분이 상인들인데 이번에 우리가 철수하면서 함께 돌아갈 것입니다."

"그렇군요."

관청을 둘러본 대진과 장태수는 오스만군의 주둔지로 건너갔다. 오스만군의 주둔지는 성채였다.

오스만 주둔 부대장이 정중히 인사를 했다.

"어서 오십시오."

군인이어서인지 오스만 부대장은 관리들보다 더 깍듯했다.

대진과 장태수는 그런 부대장의 안내를 받아 가며 부대를 둘러봤다.

이어서 부대장의 상황 보고가 있었다.

그렇게 부대를 둘러본 대진은 오스만 관리의 안내로 알 하사에서 가장 큰 저택으로 이동했다. 황토로 지어진 저택은 사막기후에 맞게 창문은 적었으며 외벽은 아주 두터웠다.

그런데 개인의 주택치고는 너무도 컸다. 특히 집 안에 접견실까지 마련되어 있는 것이 예사 집이 아니라는 느낌을 받았다.

오스만 관리가 설명했다.

"이곳은 오래전에 알 하사를 지배했던 토후의 궁전이었습니다. 그러다 저와 같은 알 하사의 관리자의 저택으로 사용되고 있지요. 들어오면서 보셨겠지만 건물 네 귀퉁이에는 감시초소가 설치할 수 있을 정도의 첨탑도 세워져 있습니다. 제 짐은 이미 옮겨 두었으니 두 분께서는 앞으로 이곳을 사용하시면 됩니다."

대진이 고마워했다.

"신경을 써 주셔서 감사합니다."

"아닙니다. 그리고 내일부터는 지역 주민들이 인사하러 올 것입니다. 그러니 필요하신 부분이 있으면 미리 말씀해 주십시오."

"우리는 알 하사에 대해 아무것도 모르는 상황입니다. 그러니 누가 도와주어야 하지 않겠습니까?"

현지 관리가 나섰다.

"제가 두 분을 모실 것입니다."

"그렇다면 안심입니다."

장태수가 일어났다.

"저는 우리 병력과 함께 지내겠습니다. 그러니 이곳은 백작님께서 사용하십시오."

대진이 고개를 저었다.

"나는 곧 있으면 돌아갈 사람이야. 더구나 중동은 한동안 군정을 유지할 거여서 장 여단장이 총독을 겸임해야 해. 그런 장 여단장이 이곳을 사용해야지."

"아닙니다. 백작님이 머무르실 때까지는 장병들과 함께 있는 것이 좋습니다. 그래야 현장 상황도 제대로 파악할 수 있습니다. 더구나 이곳은 우리가 살던 곳하고는 환경 자체가 달라서 현지 분위기에도 빨리 익숙해져야 하고요."

장태수의 생각도 충분히 일리가 있었다. 그래서 대진은 더 권하지 않았다.

"알았어. 그렇게 해. 그런데 우리 병력은 앞으로 막사 생활을 할 거야?"

"당분간은 그래야 할 것 같습니다. 하지만 요새를 만들어서 주둔하는 것이 좋을 것 같습니다."

"여단 병력 전부를 수용하려면 요새의 규모가 상당히 커야 하잖아?"

장태수가 고개를 저었다.

"여단본부는 오스만 주둔군이 사용하는 성채를 사용하면 됩니다. 그리고 요새는 대대와 중대별로 구분지어서 도시 외곽에다 설치하는 것이 좋을 것 같습니다."

대진이 감탄했다.

"대단하구나. 벌써 어떤 식으로 주둔하겠다는 그림이 나온 거야?"

장태수가 웃으며 고개를 저었다.

"아닙니다. 본국에 있을 때 사단 참모들과 협의했던 주둔 방식 중 하나입니다."

"그랬구나. 본국에서 미리 계획을 세워 두었어."

"예, 그렇습니다. 본국에서 참모들이 사막에 맞게 여러 계획을 수립해 두었습니다. 그 계획 중 하나가 방금 말씀드린 방식입니다. 과거 베트남전에서 사용되었던 중대 전술을 적극 활용한 방식입니다."

대진의 고개가 절로 끄덕여졌다.

"베트남의 밀림과 아라비아의 사막을 동일한 조건으로 상정한 전략이구나."

장태수가 바로 인정했다.

"그렇습니다. 우리가 오스만으로부터 정식으로 매입했다고 해도 이방인인 것은 어쩔 수 없는 현실입니다. 더구나 원주민들에게는 침략군으로 비칠 우려가 있어서 병력만큼은 거리를 두고 주둔하는 것이 좋다는 판단이었습니다."

대진도 동조했다.

"맞는 말이야. 우리가 아무리 호의를 베푼다고 해도 저들에게는 이방인일 뿐이지. 주민 중 상당수가 우리말로 대화할 수 있게 되는 10여 년간은 조심해야지."

"저도 그렇게 생각하고 있습니다. 그럼 저는 이만 물러갔다가 내일 다시 찾아뵙겠습니다."

"그렇게 해."

장태수는 인사하고는 물러갔다.

다음 날.

현지 관리가 아침 일찍 저택으로 찾아왔다. 그러고는 대진이 아침식사를 마치자마자 접견실로 들어갔다.

"편히 쉬셨습니까?"

"예, 푹 쉬었습니다."

"본국 관리께서는 함께 오신 여단장님을 만나러 부대로 들어가셨습니다. 그래서 오늘은 저 혼자 먼저 들어왔습니다."

"그렇군요. 그런데 이렇게 일찍 들어온 이유가 뭐지요?"

"어제 말씀드린 시아파의 지도자들께서 백작님과 만나 뵙고 싶어 하십니다. 그래서 일찍 모시고 온 것입니다."

대진이 선선히 승낙했다.

"그럽시다. 한번 만나 봅시다."

현지 관리가 나갔다가 몇 사람의 노인들을 데리고 들어왔다.

"여기 이분들이 시아파의 지도자들입니다."

수염을 길게 기른 노인들이 일제히 대진에서 무슬림식 인사를 했다. 그러고는 한 명씩 나서서 자신을 소개했다.

인사를 받은 대진도 고개를 숙였다.

"어서 오십시오."

노인 한 명이 앞으로 나왔다.

"저희들은 시아파의 신도들입니다. 알리에게 말을 들었지만 백작님께 확인을 하고 싶어서 이렇게 찾아뵈었습니다."

"무슨 말씀을 듣고 싶습니까?"

"귀국이 이 지역을 오스만으로부터 할양받은 것이 사실입니까?"

"그렇습니다."

"실례지만 할양받은 지역이 어디인지 말씀해 주실 수 있겠습니까?"

"당연히 말씀드릴 수 있지요. 우선 남쪽으로는 카타르반도에서 북으로는 쿠웨이트까지입니다. 그리고 해안에서 내륙으로 200킬로미터까지를 경계로 삼았습니다."

"그러면 리야드는 해당되지 않는다는 말씀이군요."

"당연히 그렇지요. 그곳은 알 사우드 가문이 다스리는 지역이니까요."

"그렇군요. 그런데 귀국이 할양받은 지역은 대부분이 사막과 황무지입니다. 그런 지역을 할양받은 이유가 있습니까?"

대진이 고개를 저었다.

"미안하지만 국가 기밀이어서 이 이상의 자세한 사항은 알려 드릴 수가 없네요. 단지 중동에 교두보를 확보하는 차원에서 오스만으로부터 정식으로 영토를 매입했다는 사실만은 알려 드릴 수가 있습니다."

대진의 말을 들은 노인은 더는 깊게 들어가지 않았다.

"그러시군요. 그런데 우리 종파에 대해 오스만과 같은 정책을 유지하시겠다고요?"

대진이 고개를 저었다.

"오스만과 같은 정책이 아닙니다. 우리 대한제국은 신앙의 자유가 있습니다. 그래서 어떤 종교를 믿더라도 자유입니다. 차별도 하지 않을 것이고요. 그러나 국익에 반하거나 종교를 앞세워 혹세무민하는 경우는 철저하게 제한받을 겁니다."

"차별도 받지 않는다고요?"

"그렇습니다. 그러니 무슬림들도 시아파나 수니파 등의 차별도 일체 없을 것입니다."

노인의 얼굴이 대번에 환해졌다.

"그렇다면 너무도 다행입니다. 이곳 알 하사의 우리 시아파 신도들은 전체 인구의 2/3이나 됩니다. 그래서 과거 알 사우드 가문이 지배했을 때는 상당한 박해를 받았지요."

"그 정도로 많습니까? 제가 알기로 아라비아에는 거의 수니파 신도라고 알고 있었는데, 아니었군요."

"그건 알 하사가 아주 오래전에 시아파를 믿은 왕국의 수도였기 때문입니다. 그때는 모든 사람이 시아파 신도였는데 시간이 지나면서 수니파로 개종해 가고 있지요."

노인이 눈을 빛냈다.

"백작님께 청원이 있습니다."

"말씀해 보십시오."

"어떠한 일이 있더라도 지금의 기조를 바꾸지 말아 주십시오. 그러면 우리 시아파는 언제까지라도 귀국의 통치에 적극 협조하겠습니다."

대진은 순간 이이제이라는 말을 떠올렸다. 그러면서 수니파 일색인 아라비아에서 대한제국의 영토만 시아파 신도들로 채우는 경우를 생각해 봤다.

그러나 너무도 위험했다.

'아니야, 아니야. 종파를 앞세워 통치하게 되면 나중에는 분명 탈이 나게 되어 있어. 그러니 종파를 앞세우지 말고 공평하게 사람을 등용하자.'

대진이 고개를 저었다.

"말씀은 고맙습니다. 하지만 우리나라는 종파는 물론이고 종교를 앞세워 통치하는 행위를 철저하게 배격하고 있습니다. 그러니 순수하게 통치에 협조하는 경우는 기쁘게 받아들이겠지만 그 이상은 곤란합니다."

시아파 노인이 크게 아쉬워했다. 그러나 이내 안색을 바로하고는 정중히 몸을 숙였다.

"알겠습니다. 저희들은 귀국의 통치를 적극 지지하겠습니다. 그러나 백작님의 말씀대로 종파를 앞세우는 경우는 절대 없을 것입니다."

"감사합니다. 귀 종파가 우리의 통치에 도움을 주신다면 적절한 지원을 해 주겠습니다."

"지원보다 우리 시아파의 모스크를 세우고 싶은데, 가능하겠습니까?"

대진이 어리둥절했다.

"그게 무슨 말씀입니까? 주민의 절반 이상이 시아파인데 모스크가 없다니요?"

노인이 씁쓸한 표정을 지었다.

"본래는 있었습니다. 그런데 이전에 이곳을 통치했던 알 사우드 가문가 수니파 중에서도 아주 강경파라 그들이 통치하던 시기에 우리 사원을 철저하게 파괴했지요."

"오스만이 있을 때 재건하시지 않고요."

"당연히 재건하려고 했습니다. 그러나 모스크를 짓는 데에는 상당한 예산이 필요합니다. 그래서 지금까지 헌금을 받아 자금을 모아 왔지요. 그런데 모스크를 짓기도 전에 귀국으로 영토가 넘어가 버린 것입니다."

대진이 즉석에서 승인했다.

"재건하십시오. 그리고 재건에 필요한 비용 중 일부는 우리가 지원해 주겠습니다."

시아파 노인의 눈이 커졌다.

"믿기지가 않는군요. 백작님이 우리 무슬림도 아닌데 자금을 지원해 주신다니요."

대진이 분명히 밝혔다.

"여러분도 이제는 우리 국민이 되었습니다. 우리 통치를 받기 싫으면 언제라도 오스만으로 넘어가면 될 것이고요. 그런 국민이 헌금을 해서 모스크를 짓는다는데 조금의 지원을 해 주는 것은 어쩌면 당연한 일입니다. 그렇다고 많은 금액은 아니니 너무 큰 기대는 하지 마십시오."

시아파 노인이 펄쩍 뛰었다.

"별말씀을 다 하십니다. 이교도인 백작님이 우리 시아파의 모스크 재건에 지원해 주신다는 그 상징성만으로도 엄청납니다. 알 하사의 모든 신도들을 대신해 백작님의 배려에 감사드립니다."

그러자 함께 온 노인들도 일제히 대진을 찬양했다. 특히 그들을 인솔하고 온 현지 관리 알리는 눈물까지 글썽이며 기뻐했다.

대진은 이들의 반응이 너무 격한 것이 조금은 어색했다. 하지만 자신의 작은 배려로 시아파의 마음을 얻었다는 것에 크게 만족했다.

대진이 웃으며 말을 이었다.

"모스크를 지으려면 몇 년 정도 걸립니까?"

"5년 정도를 예상하고 있습니다."

대진이 바람을 나타냈다.

"기왕 지으시는 거, 크고 아름답게 지으세요. 그래서 그 모스크가 알 하사의 상징이 되었으면 좋겠습니다."

시아파 노인이 감격했다.

"감사합니다. 최선을 다해 백작님의 말씀대로 지어 보겠습니다."

"기대하겠습니다. 그리고 우리 군대가 주둔하려면 요새를 지어야 합니다. 비적 등 외적의 침임을 미리 확인할 수 있는 망루도 설치해야 하고요. 그런 시설물을 설치하려면 인부들이 꽤 필요할 것입니다. 혹시 그 일에 도움을 주실 수 있겠습니까? 아! 물론 인부들의 인건비는 정당하게 지급할 것입니다."

대화를 듣던 현지 관리가 바로 나섰다.

"그러지 않으셔도 됩니다. 알 하사의 주민들은 1년에 일정 기간 나라를 위해 노역할 의무가 있습니다. 그래서 군이 주둔할 요새는 주민들을 동원해서 지으면 됩니다."

"모든 주민들을 동원할 수 있다는 겁니까?"

"그렇습니다. 자신들이 나가지 않으면 다른 사람이라도 사서 투입해야 합니다."

시아파 노인도 적극 나섰다.

"맞은 말입니다. 다른 것도 아니고 우리를 지켜 주기 위해 요새를 짓고 망루를 세우는 일입니다. 당연히 주민들이 도움을 드려야지요."

이때 마침 장태수가 들어왔다.

현지 관리가 시아파 지도자들에게 장태수를 소개했다. 앞으로 자신들을 통치할 사람이라는 말에 시아파 지도자들은 격하게 장태수를 반겼다.

대진은 장태수에게 그들과의 대화를 간략하게 설명했다. 장태수는 요새와 망루 건설에 원주민들을 동원할 수 있다는 말에 반색했다.

"그렇지 않아도 요새를 어떻게 건설할까 걱정했는데 아주 잘되었군요. 그리고 오스만군의 지휘관이 자신들이 사용하고 있던 비품을 그대로 두고 간다고 했습니다. 그래서 당분간 지내는 데에는 아무 문제가 없을 것 같습니다."

"좋은 소식이구나. 그렇다면 담맘에 있는 병력 대부분도 불러 올리는 것이 좋겠네."

"예, 그래서 1개 중대만 남기고 전부 올라오라고 전령을 보냈습니다."

그리고 이틀 후.

담맘에 있던 병력이 전부 올라왔다.

오스만군은 본격적으로 알 하사의 상황을 선발대대에 인수인계했다. 이러는 동안 대진은 현지 관리의 도움을 받아 영어에 능통한 사람을 찾았다.

그렇게 며칠이 지났다.

현지 관리의 노력으로 다행히 영어를 할 수 있는 인원을 몇 사람 구할 수 있었다. 전부 시아파 신자들이었으며 대진은 이들을 전부 통역관으로 채용해 배치시켰다.

"우리는 이제 가 보겠습니다."

이후 10여 일 동안 인수인계가 끝나고 오스만 병력이 먼저 철수했다. 그리고 다시 10여 일 후 오스만의 관리도 바스라로 철수했다.

한 달여 만에 모두 돌아간 것이다.

대한제국의 직접 통치가 시작된 것이다. 대진은 가장 먼저 요새와 망루부터 건축하게 했다.

대한제국이 들어오고 처음 추진하는 공사였다. 더구나 도시를 방어하는 요새와 망루 공사여서인지 알 하사 주민들이 적극 참여했다.

특히 시아파교도들은 종교 지도자의 지시까지 있어서 헌신적으로 참여했다. 이들의 도움으로 요새와 망루 공사는 빠르게 진행되었다.

사막이어서 물이 없으면 황토로 건물을 축성하는 데 큰 곤란을 겪어야 한다. 다행히 알 하사는 수십만이 거주할 수 있을 정도로 물이 풍족했다.

더구나 알 하사에는 원주민이 많아서 인력을 걱정하지 않아도 되었다. 덕분에 요새와 망루 건설은 일사천리로 진행할 수 있었다.

공사가 시작되면서 장태수는 베두인 용병을 사방으로 풀

었다. 그러고는 만일에 대비해 사막을 정찰하게 했다.

대진은 매일 현장을 찾았다.

3월 하순이지만 낮에는 30도를 훌쩍 넘기는 불볕더위였다. 대진과 함께 현장을 찾은 장태수가 한숨을 터트렸다.

"후! 정말 덥군요. 3월 하순의 날씨가 이러면 여름은 얼마나 더울지 끔찍합니다."

"그러게 말이야. 앞으로는 한낮의 공사는 하지 않는 것이 좋겠어. 잘못하다가는 안전사고가 나겠어."

"그래야 할 것 같습니다."

장태수가 대대장을 불렀다. 그러고는 대낮 공사를 중단시키고서 공사를 아침저녁에 집중하게 했다.

그렇게 10여 일이 지날 무렵.

정찰을 나갔던 베두인이 황급히 돌아왔다.

"남쪽에서 상당한 숫자의 병력이 다가오고 있습니다."

장태수가 깜짝 놀랐다.

"상당한 숫자라니? 이 주변에 병력을 동원할 만한 세력이 있나?"

베두인이 설명했다.

"리야드의 네지드 토후국이 있기는 합니다. 하지만 그들은 자신이 분봉해 준 하일 토후국과의 불화 때문에 병력을 보내기 어렵습니다."

"그렇다면 사막의 비적(匪賊)이라는 말입니까?"

"지금으로선 그럴 가능성이 가장 높습니다. 제가 추측하 건대, 귀국의 통치가 안정을 찾기 전에 급습하려는 것 같습 니다."

장태수가 바로 비상을 걸었다.

"당장 공사를 중단시켜라. 비상종을 타종하고 주민들을 안전하게 대피시키도록 하라."

땡! 땡! 땡!

갑작스럽게 비상종이 울렸다. 그럼에도 알 하사의 주민들 은 당황하지 않고 서둘러 가게 문을 닫거나 집으로 돌아갔다.

장태수는 신속히 움직였다.

아쉽게도 이런 경우를 상정한 준비가 아직은 되어 있지 않 았다. 그렇지만 장태수는 몇 번의 전쟁을 참전한 역전의 지 휘관이었다.

그는 먼저 베두인족을 더 풀어서 다가오는 병력을 정찰시 켰다. 그러고는 황토로 된 땅을 파서 참호와 교통호를 만들 도록 했다.

선발대대 중에 전투를 경험한 지휘관의 수가 꽤 되었다. 그래서 이런 경우가 발생해도 당황하지 않고 침착하게 행동 했다.

그런 지휘관들 덕분에 병사들도 흔들림 없이 지시에 따랐 다. 덕분에 참호와 교통호 공사는 급속히 진행되었다.

이러는 동안 주변에 있던 베두인족들이 속속 돌아왔다. 장태수는 그런 베두인족들의 보고를 들으며 다가오는 병력이 비적임을 확신했다.

"가자!"

장태수와 대진이 몇 명의 지휘관을 대동하고 모래언덕으로 올라갔다. 그러자 지평선에서 피어오르는 모래 먼지가 보였다.

장태수가 망원경을 꺼내 들었다. 그러나 아직은 거리가 있어서 자세히 보이지 않았다.

대진이 베두인을 찾았다.

"저 정도면 얼마나 떨어져 있는 건가?"

"낙타를 속보로 달리면 1시간 정도 됩니다."

"좋아! 그 정도 시간이면 충분히 대처할 수 있겠어."

장태수가 그 자리에서 지휘관들에게 작전 지시를 내렸다. 지시를 받은 지휘관들은 서둘러 언덕을 내려갔다.

장태수가 대진을 바라봤다.

"우리도 이만 내려가도록 하지요."

"그렇게 하자."

언덕을 내려오던 도중 대진이 질문했다.

"저격병을 배치하는 것이 좋지 않겠나?"

"그렇지 않아도 수색대에게 미리 배치하도록 지시해 두었습니다."

대진이 흡족해했다.

"역시 전투 경험이 많은 장 여단장답게 미리 조치해 두었구나. 말보다 덩치가 큰 낙타여서 저격병이 제 몫만 해 주어도 큰 도움이 될 거야."

"저도 그렇게 생각하고 있습니다."

장태수가 요청했다.

"죄송합니다만 백작님은 짓고 있는 요새로 물러나 있어 주셨으면 합니다."

대진이 부탁했다.

"사막 전투는 처음이어서 직접 참관을 하고 싶은데, 어렵겠나? 아직은 나도 한 사람 몫은 충분히 할 수 있어."

"개활지에서의 전투인데, 위험하지 않겠습니까?"

"괜찮아. 개활지라 해도 지휘부는 그래도 은폐 엄폐가 잘되어 있잖아."

장태수는 잠깐 고심했다. 그러나 대진의 마음을 헤아리고는 이내 동의했다.

"좋습니다. 그러면 저와 행동하시지요."

"고마워."

장태수는 대진과 함께 참호 뒤에 마련된 지휘부로 갔다. 그러고는 대대장을 불러 부대 배치를 확인했다.

조도성은 수색대 부소대장이다.

그는 병사 시절 조청전쟁에 참전해 저격병으로 뛰어난 전공을 세웠다. 그래서 무공훈장도 받으면서 장기복무를 지원했다.

덕분에 초급무관 교육을 받고 임관해서 자대로 배치되었다. 그러다 중사가 되고 부소대장이 되면서 이번에 중동으로 파견되었다.

조도성은 비적이 나타나자 중대장의 지시를 받고는 선두로 달려 나갔다. 그러고는 황토 바닥에 개인 참호를 파고 들어가 은폐했다.

그리고 얼마 지나지 않아 전방에서 모래 구름이 치솟았다. 조도성은 모래 구름을 보고는 대번에 비적인 것을 알아챘다.

그래서 실탄을 장전하고는 마음을 가라앉히고서 기다렸다.

모래 구름이 보였어도 한동안 비적이 다가오지 않았다.

그만큼 사막은 거리감이 없어서 경험이 많지 않으면 적정을 살피기 어렵다. 처음에는 긴장해서 전방을 살피던 조도성이 서서히 질려 갈 무렵.

두! 두! 두! 두!

지축을 울리는 낙타의 발소리가 얕게 들리기 시작했다. 처음에는 약하게 들리던 그 소리는 어느 순간부터 바닥의 모래가 들썩일 정도로 커졌다.

조도성은 바짝 긴장하며 전방을 살폈다. 처음에는 모래 구름에 가려 있던 비적들의 형상이 시간이 지나면서 차츰 보이기 시작했다.

그리고 얼마의 시간이 더 흐르자 비적들의 면면이 확실히 보였다. 그러나 조도성은 서두르지 않고 침착하게 기다렸다.

그러던 어느 순간.

두! 두! 두! 두!

비적들이 지나치기 시작했다. 그래도 조도성은 기다렸고, 마침내 마지막 부분의 비적이 지나쳐 가려 할 때가 되었다.

탕!

조도성의 총구가 불을 뿜었다. 그렇게 쏘아진 총탄은 가장 뒤에 있는 비적을 그대로 꿰뚫었다. 총탄을 맞은 비적이 쓰러졌으나 낙타도, 앞에 있던 비적도 멈추지 않았다.

탕!

또 한 발의 총탄이 비적을 사살했다.

탕!

또 한 명.

탕!

마지막 한 발까지 비적을 사살했다.

탕! 탕! 탕! 탕!

이어서 주변에 흩어져 있던 저격병의 총구에서 동시에 불이 뿜어졌다. 그렇게 쏘아진 총탄에 후방의 비적 수십 명이 죽어 나갔다.

비적들은 처음에는 이런 상황을 전혀 눈치채지 못했다. 그러다 뭔가 이상함을 느끼던 비적대 중 누군가가 뒤를 돌라봤다.

그러다 수십 명이 죽어 나간 것을 확인한 비적이 놀라 소리쳤다.

"적이 뒤에서 저격하고 있다!"

전방만 보고 달리던 비적들은 이 소리에 깜짝 놀랐다. 그래서 누가 뭐라고 할 틈도 없이 일제히 고개를 돌리던 그들은 놀라서 자신들도 모르게 고삐를 움켜잡았다.

푸르륵! 푸르륵!

달리다가 갑자기 당겨진 고삐에 낙타들이 놀라 앞발을 높게 쳐들었다. 그 바람에 몇 명의 비적이 떨어졌으며 그중 몇 명이 낙타의 발굽에 그대로 짓밟혔다.

"으악!"

"사람 살려!"

낙타의 육중한 발굽에 짓밟힌 비적들은 그대로 몸이 으스러졌다. 더구나 비적을 밟은 낙타가 휘청거리면서 진형이 완전히 뒤엉켜 버렸다.

그 바람에 달리던 기세가 갑자기 죽어 버렸다. 그러자 비적들은 급히 진형을 새롭게 구축하느라 정신이 없었다.

이런 틈을 놓칠 이유가 없었다.

조도성이 참호에서 일어났다. 그러고는 뒤엉켜 있는 비적을 향해 4발의 총탄을 연사했다.

"모두 일제사격 하라!"

탕! 탕! 탕! 탕!

이것이 신호였다.

매복해 있던 저격병들은 일제히 일어났다. 그러고는 장전된 소총으로 비적에게 일제히 사격했다.

탕! 탕! 탕! 탕!

총탄이 난사했다.

매복을 전혀 눈치채지 못한 비적에게는 그야말로 불벼락이었다. 이들은 흐트러진 진영을 제대로 수습하지도 못하고 사방에서 쏟아지는 총탄에 그대로 갈려 나갔다.

저격병들은 조금의 주저함도 없었다. 4발의 총탄이 비워지면 능숙하게 장탄을 하고는 그대로 갈겨 버렸다.

해병대 저격병은 20명에 불과했다.

반면에 비적은 수백여 명이었다. 이렇게 숫자에서 차이가 났지만 갑작스럽게 당한 기습공격에 속수무책이었다.

비적들은 제대로 장탄조차 하지 못한 자들이 많았다. 더구나 말보다 큰 낙타에 탄 비적은 저격병들에게 커다란 표적에 불과했다.

"으악!"

"아악!"

비적들은 총탄에 죽고 총탄에 죽은 낙타에 깔려 죽었다. 수많은 비명이 난무하고 누런 모래가 피로 물들어 갈 무렵이었다.

조도성이 소리쳤다.

"사격 중지!"

조도성은 중지 명령과 함께 두 팔을 저으며 신호했다. 그것을 본 다른 저격병들이 일제히 팔을 들고서 소리쳤다.

"사격 중지!"

순간 사방이 조용해졌다.

조도성이 소리쳤다.

"비적이 쓰러진 낙타에 은폐해 있을지 모른다! 그러니 조심해서 접근하기 바란다. 내가 먼저 나가서 살펴보겠다!"

조도성이 실탄 장착을 확인하고는 몸을 최대한 웅크렸다. 그러고는 매의 눈을 하고서 천천히 앞으로 나갔다.

그런 어느 순간 피 비린내가 확 풍겼다. 그와 동시에 시신에서 피어나는 기묘하고 역한 냄새도 동시에 피어올랐다.

'빌어먹을!'

조도성이 이를 갈며 천천히 접근했다. 그러다 낙타 뒤에 숨어 있던 비적과 눈이 딱 마주쳤다.

조도성은 주저하지 않았다.

탕!

"으악!"

총을 맞은 비적이 비명과 함께 튕겨 나갔다. 그런 비적의 옆에 꿈틀거리는 비적이 눈에 들어왔다.

탕!

"으악!"

또다시 비적이 튕겨 나갔다.

조도성이 주변에 소리쳤다.

"비적 몇 놈이 숨어 있다! 나 혼자서는 감당이 어려우니 몇 사람만 앞으로 나와라!"

조도성의 지시에 4명의 초급무관이 앞으로 나왔다. 조도성은 걸음을 멈추고 쓰러져 있는 비적들을 찬찬히 훑었다.

그러는 와중에 수색대원들이 다가왔고. 그들의 도움으로 숨어 있던 비적들을 차례로 처리했다.

그러나 부상을 입거나 항거 불능이 된 비적들은 사살하지 않았다. 그것을 본 비적 몇 명이 두 팔을 들고서 일어났다.

조도성은 그런 비적을 총구로 옆으로 밀어냈다. 그러자 대기하고 있던 저격병들이 그들을 한 곳으로 몰았다.

그리고 얼마 후.

"모두 정리되었습니다."

후배 초급무관의 보고에 조도성이 주변을 둘러봤다. 몇 명의 부상자와 10여 명의 비적이 무릎을 꿇고 있는 것이 눈에 들어왔다.

"부상자가 의외로 적네?"

"낙타에서 떨어지면서 그 충격에 부상자의 대부분이 사망했습니다. 부상자들도 전부가 중상이어서 살아나기 어려울 것 같습니다."

"귀관이 본부로 가서 상황을 보고해. 그리고 사살한 비적들을 묻어야 하니 알 하사의 주민들을 동원해 달라고 요청해."

"알겠습니다."

후배 초급무관이 달려갔다. 그것을 본 조도성이 다른 후배를 불러서 부상자들을 후송하게 했다.

잠시 후.

대진과 장태수가 도착했다.

조도성이 급히 인사했다.

"충성!"

장태수가 치하했다.

"고생했다. 비적들이 저격병의 매복에 모조리 걸려 버릴 줄은 몰랐어."

조도성이 설명했다.

"아마도 사막에서는 평지에서의 매복을 처음 경험한 것 같습니다."

"그럴 수도 있겠구나."

"예, 그래서인지 너무도 무력하게 무너졌습니다."

"비적이 얼마나 되었지?"

"대충 파악한 바로는 300명 남짓이었습니다."

대진이 놀랐다.

"비적치고는 숫자가 상당히 많구나. 사막에서 이 정도의 숫자라면 거의 정규군 수준 아냐?"

"저는 잘 모르겠습니다."

대진이 나섰다.

"포로를 심문하면 상황을 알게 되겠지."

장태수가 나섰다.

"그래야겠네요. 포로를 고문해서라도 뒷배경을 철저하게 알아봐야겠습니다."

베두인 부족장이 나섰다.

"저들의 복장을 보니 전부 우리와 같은 베두인족들입니다."

"그래요?"

"사막의 비적들은 베두인 출신들이 대부분입니다. 그리고 비적들은 사막의 유력 토후의 용병으로 뛰는 경우가 많고요."

대진이 확인했다.

"그렇다면 이들도 토후의 용병일 가능성도 있다는 말이군요?"

"조사해 봐야겠지만 전혀 가능성이 없는 것은 아닙니다. 특히 비적의 숫자가 300여 명이나 된다는 것이 꺼림칙합니다. 아라비아는 땅은 넓은 데 비해 사람이 적습니다. 그런 아라비아에서 비적이 300이나 되는 것은 엄청난 규모이지요."

대진도 인정했다.

"맞는 말입니다. 외부의 지원 없이 300여 명의 병력을 운용하는 일은 결코 쉬운 일이 아니지요."

"그렇습니다. 특히 생필품이 극히 부족한 사막에서는 더 그렇습니다."

"이 주변에 가장 유력한 토후는 네지드 토후국의 알 사우드 가문으로 알고 있는데, 맞지요?"

베두인 족장이 고개를 끄덕였다.

"그렇습니다."

대진이 고개를 저었다.

"내가 이스탄불에서 듣기로 네지드 토후국의 알 사우드 가문은 하일 토후국의 알 라시드 가문과의 분쟁이 잦은 것으로 알고 있는데요."

베두인 부족장이 설명했다.

"그 말씀도 맞습니다. 하일과 네지드는 본래 한 뿌리라 해도 과언이 아닙니다. 네지드 토후인 알 사우드 가문이 분봉을 해 준 것이 알 라시드 가문의 하일 토후국이니까요. 그러다 하일이 세력을 키우면서 네지드의 간섭을 배제하고 독자 노선을 걷기 시작했지요. 그러면서 분쟁이 시작되었고요. 그런 두 가문 모두 베두인족을 용병으로 고용하고 있습니다."

"아! 두 가문 모두요?"

"그렇습니다. 우리 베두인은 아라비아의 원주민이지요. 하지만 유목 생활을 하는 우리 베두인은 워낙 부족 중심적이어서 지금까지 제대로 된 국가를 세운 적이 없습니다. 그 대신 유력 토후에게 용병으로 일하는 경우가 많습니다."

"그러면 베두인끼리 격돌해도 문제가 되지 않습니까?"

베두인 부족장이 고개를 저었다.

"전혀 문제가 되지 않습니다. 전에도 말씀드렸다시피 우리는 철저하게 부족, 씨족 중심으로 생활하고 있지요. 그래서 같은 베두인이라도 교류가 있지 않으면 철저하게 배타적이지요."

"그렇군요."

대진이 죽어 있는 비적을 바라봤다.

"부족장님의 말씀대로라면 저들은 어느 유력 토후의 지시를 받았을 공산이 크겠네요."

"그럴 공산이 큽니다."

부족장의 짐작은 맞았다. 포로를 심문한 베두인 부족장은 비적들이 네지드의 알 사우드 토후의 지시를 받았다는 사실을 밝혀냈다.

장태수가 이마를 찌푸렸다.

"문제로군요. 알 사우드라면 장차 아라비아를 통일할 가문의 수장 아닙니까?"

대진이 조언했다.

"그렇기는 하지. 그런데 이번 일만큼은 그냥 덮어 두는 것이 좋을 것 같아."

장태수의 눈이 커졌다.

"보복을 하지 않고요?"

"보복을 한다면 득보다 실이 커. 비적을 부추긴 것이 네지드의 알 사우드 가문인 점이 더 문제가 돼. 그 가문은 아라비아에서 유력한 토후잖아. 그런 상황에서 우리가 알 사우드 가문을 직접 공격하면 아랍인 대 외지인의 대결로 보일 가능성이 높아. 그러니 이번만큼은 그대로 덮어 두는 게 좋겠어."

장태수가 거듭 주장했다.

"그래야 할 필요가 있겠습니까? 이번 기회에 아예 힘으로 굴복시키는 것이 좋지 않겠습니까?"

대진이 고개를 가로저었다.

"그럴 필요는 없어. 이번 전투는 분명 빠르게 알려질 거야. 아니, 그렇게 되도록 일부러라도 소문을 내는 것이 좋을 거야. 그래야 비적들이 전멸했다는 것이 알려지면서 우리의 전투력도 부각되겠지. 그렇게 되면 누구라도 쉽사리 추가 도발을 하지 못하지 않겠어?"

장태수가 이해했다.

"당장은 우리를 얕잡아 보이지 않으면 된다는 말씀이군요."

"그래. 그리고 저들이 노리는 것이 우리의 보복일 가능성도 있어. 그러니 이번만큼은 비적을 조금의 피해도 없이 몰살시켰다는 소문만 내자. 그래도 도발해 온다면 그때는 용서 없이 철저하게 보복하면 돼."

"알겠습니다. 우선은 포로 심문부터 다시 해 보겠습니다."

처음과 마찬가지의 결과가 나왔다. 비적들은 너무도 쉽게 자신들의 정체를 토설했다.

장태수가 이마를 찌푸렸다.

"역시 결과는 마찬가지입니다."

대진이 씁쓸해했다.

"어쩔 수 없지. 이번만큼은 알 사우드 가문에 대한 보복을 포기하도록 해. 그 대신 사람을 풀어 비적들을 압도한 해병대의 군사력이 소문나게 만들어."

고심하던 장태수가 동의했다.

"알겠습니다. 베두인족은 물론이고 알 하사의 주민들에게도 이번 일을 적극 소문내도록 하겠습니다."

이 전략은 대성공을 거두었다.

네지드를 장악하고 있는 알 사우드 가문은 아라비아를 통일하고 싶었다. 그래서 꾸준하게 군사력을 키워 왔지만 역부족이었다.

오히려 1871년 알 하사와 그 일대를 오스만에게 넘겨주어야 했다. 그럼에도 알 사우드 가문은 오스만에 감히 반발을 못 했다.

오스만은 과거에 비해 국력이 많이 약해지기는 했다. 그러나 이슬람의 칼리프이며 아직까지는 중동의 주인이었다.

그렇게 15년의 세월이 흘렀다.

그런데 아라비아 동부가 생전 들도 보도 못한 나라로 넘어갔다고 한다. 소문을 들은 네지드 토후는 허탈하면서도 분노했다.

당장은 아니더라도 힘을 길러 언젠가는 알 하사를 탈환하려 했다. 그런데 갑자기 이민족인 대한제국이 아라비아 동부를 매입한 것이다.

이제는 아라비아를 통일하려면 오스만이 아닌 대한제국과 싸워야 한다. 그런데 대한제국에 대한 정보가 전혀 없는 것이 문제였다.

네지드 토후는 대한제국의 군사력이 어느 정도인지 알고 싶었다. 그래서 가문에서 용병으로 기용하고 있던 베두인 병력의 일부를 비적으로 위장해 파견 보냈던 것이다.

그런데 소문이 급격히 퍼졌다.

베두인 용병 300명이 대한제국군에 몰살을 당했다고 한다. 그것도 대한제국군에 조금의 피해도 입히지 못하고 입구에서 무너졌다는 소문이었다.

놀란 네지드의 알 사우드 토후는 급히 사람을 풀어 사실을 확인했다. 그런데 돌아온 자들의 보고는 소문과 다르지 않았다.

네지드 토후는 전전긍긍했다.

소문대로라면 대한제국의 군사력은 오스만 이상이었다. 만일 그런 병력이 쳐들어온다면 가문 전체의 안위가 당장 문제였다.

그렇다고 하일 때문에 병력을 집중할 수도 없었다. 이래저래 곤란해진 네지드 토후는 이때부터 꼬리를 바짝 내리고서 수시로 사람을 보내 알 하사를 정탐하게 했다.

한바탕 몰아친 모래바람은 이러면서 소리 없이 잦아들었다. 그러나 중동에서 불기 시작한 바람은 다른 곳에서 바람을 일으켰다.

유럽에서 중동에 관심이 가장 많은 나라는 누가 뭐라 해도 영국이다. 영국은 오래전부터 중동에 관심을 보여 왔다.

그런 영국은 수십 년 동안 공략해 이집트를 끝내 보호령으로 만들었다. 여기에 아라비아반도 끝에 있는 7개 토후국을 모아 휴전 오만이라는 연합체를 결성시켰다.

그러나 모래뿐인 아라비아는 더 이상 진출할 생각이 없었다. 그 대신 주민과 자원이 많은 페르시아로의 진출을 호시탐탐 노려 오고 있었다.

그러던 중 이스탄불로부터 놀라운 소식이 들려온 것이다. 동양 국가인 대한제국이 오스만으로부터 아라비아 동부를 매입했다는 소식이었다.

유럽은 놀라면서 어리둥절했다.

유럽 제국들은 자신들이 얻고자 하는 땅을 침략해서 쟁취해 왔다. 그러기 때문에 진출한 지역을 매입할 생각은 어느 나라도 하지 않았다.

더구나 모래사막뿐인 아라비아 동부를 매입했다는 사실에 대부분 비웃었다. 심지어 유력 일간지에서는 대한제국의 무모함을 비웃는 만평까지 연일 등장할 정도였다.

　그러나 단 하나, 영국만은 아니었다.

다음 권으로 이어집니다

빌런 경찰 이진우

이해날 현대 판타지 장편소설

『어게인 마이 라이프』 작가 이해날의
뒷목 잡는 특제 막장 복수극이 펼쳐진다!
『빌런 경찰 이진우』

인수합병을 통해 굴지의 대기업 진백을 세운 백동하
임종의 순간, 믿었던 가족과 친구에게 배신당하고
과거와 미래를 보는 능력을 가진 경찰 이진우로 깨어나다!

배신자들에게 지옥을 보여 주기로 결심한 진우는
특별한 능력과 기업사냥꾼으로서의 지식을 활용해
경찰로서 진백을 공략하기 시작하는데……!

전직 회장이 보여 주는 기업사냥의 진수!
상상을 뛰어넘는 대기업 흔들기가 시작된다!

꿈의 도약, 로크에서 하십시오
(주)로크미디어에서 신인 작가를 모십니다

즐거운 세상, 로크미디어는 꿈을 사랑하고 도전을 두려워하지 않는 작가 분들의 참신한 작품을 기다리고 있습니다. 21세기 장르 문학계를 이끌어 갈 차세대 선두 주자 (주)로크미디어에서 여러분의 나래를 활짝 펴 보시길 바랍니다.

모집 분야 판타지와 무협을 포함한 장르 문학
모집 대상 아마추어 작가, 인터넷 작가
모집 기한 수시 모집
   작품 접수 시 유의 사항
   1. 파일명은 작가명_작품명.hwp형식을 갖춰 주십시오.
   1. 파일에 들어갈 내용은 다음과 같습니다.
      ─ 성명(필명인 경우 실명을 밝혀 주세요), 연락처, 이메일 주소
      ─ 제목, 기획 의도
      ─ A4용지 1장 분량의 등장인물 소개
      ─ A4용지 2장 분량의 전체 줄거리
      ─ 본문
   1. 작품이 인터넷에 연재되고 있다면, 게시판명과 사이트의 구체적이고 정확한 주소를 기재해 주십시오.

선택된 작품은 정식 계약 후 출판물로 간행되어 전국 서점에 유통됩니다.
작가 분은 (주)로크미디어의 전폭적인 지원하에 전속 작가로 활동하시게 됩니다.
※ 자세한 내용은 로크미디어 홈페이지(rokmedia.com)를 참조하세요.

(04167)서울시 마포구 마포대로 45 일진빌딩 6층
(주)로크미디어 편집부 신간 기획 담당자 앞
전화 : 02) 3273-5135
www.rokmedia.com   이메일 : rokmedia@empas.com